contemporanea

DANIELA MORELLI

YUSDRA E LA CITTÀ DELLA SAPIENZA

MONDADORI

A mia figlia Camilla, alla sua laurea,
alla tenacia, alla maturità ed energia
con cui sta affrontando il mondo del lavoro

A cura di Alessandra Gnecchi Ruscone

www.ragazzimondadori.it

Published by arrangement with Marco Vigevani Agenzia Letteraria
Prima edizione aprile 2013
Stampato presso ELCOGRAF S.p.A.
Stabilimento Cles (TN)
Printed in Italy
ISBN 978-88-04-62647-3

1

Puzzi come una carogna

La cuccia nella sabbia prende esattamente la sua forma. È sempre stato così, fin da quando è nata, quasi nove anni prima.

Yusdra vi si raggomitola, come in una vasca di acqua calda. Poi si gira a pancia in su, a guardare i grappoli di datteri che si curvano pesanti sopra di lei. Spalanca la bocca, in attesa che un frutto maturo si stacchi, le cada direttamente sulla lingua. L'aroma la stordisce. Il colore fulvo della buccia si confonde con le sfumature più lontane del tramonto.

Il dattero non cade. Uffa, pensa, dovrà alzarsi, allungarsi sulla punta dei piedi, tendere la mano e coglierlo. "E se non ci arrivo?" Bisognerà aspettare che qualcuno più alto di lei passi di lì. "E se non passa nessuno?" È semplice: correrà fino alla tenda, entrerà e allungherà la mano verso il cesto dei datteri. Si siederà sul tappeto, accanto a nonna Leyla che racconterà la storia della Città della Sapienza. La città nel mezzo del deserto dove gli antichi manoscritti sono conservati in basse case d'argilla, traforate a piccoli triangoli, gli stessi che la nonna porta tatuati sulle tempie e sul mento.

— E sul libro della nostra tribù c'è scritto che un giorno arriverà una bambina, nata sotto una pianta di datteri.

— Sono io, nonna?

— Tu, capretta.

Con un cenno, nonna Leyla la farà sedere sulle proprie ginocchia, apriranno un libro e Yusdra glielo leggerà a voce alta, mentre le zie cucineranno il cous-cous sul braciere e la gelida notte sarà chiusa fuori dai teli di lana grassa e odorosa, fino al ritorno dei padri, degli zii, dei cugini grandi. I bambini correranno loro incontro; le donne, di colpo, diventeranno più calme. Nonna Leyla guarderà soddisfatta la sua tribù riunita nell'accampamento e tutti sanno che, da quel momento, animali selvatici o uomini cattivi non oseranno venire a disturbare il sonno di gente saggia e laboriosa.

Tutto questo immagina Yusdra, mentre, accoccolata su un fianco, con le ginocchia piegate nella culla di sabbia, sente che al mondo non c'è cosa più comoda che essere esattamente dove è: nell'oasi, all'ombra delle palme.

Poi, improvvisamente, la bambina percepisce un rumore avvicinarsi. Non è rumore di uomini che tornano dal mercato dei dromedari. Né di uomini che viaggiano con le lastre di sale, una a ogni lato della sella, che sbattono e fischiano contro il vento. È solitario, questo rumore. Non si mescola con la natura ed è faticoso. È il rombo, lo sbuffo di qualcosa che s'intoppa. Qualcosa che assomiglia a un motore malmesso. Si mette seduta, la sabbia asciutta le scivola dalla tunica. Stringe gli occhi, abituati a riconoscere nel vasto orizzonte figure lontanissime, ma non vede ancora niente. Allora si alza in piedi, ripara con la mano lo sguardo dalla luce del sole basso e distingue, finalmente, un puntino nero nella striscia del tramonto.

Il corpo si tende. La sabbia perde calore sotto i piedi. C'è qualcosa di storto, in quella figura: la sagoma nera si avvicina sollevando polvere. Sembra sospesa da terra. È un cavaliere in sella a qualcosa.

Una motocicletta.

La bambina si guarda intorno. Nessuno. Non i cugini, le zie. Non gli uomini sentinella. Nella testa risuonano le raccomandazioni dei grandi: «Bambini, quando siete là fuori da soli e arriva qualcuno che non conoscete, che non è dei nostri, rientrate nell'accampamento. Non correte inutilmente. Camminate come sempre, svelti però, la schiena dritta, la testa alta, non giratevi impauriti, ma guardate con gli occhi di dietro, di fianco, lanciate un fischio e rientrate subito.»

Yusdra non è mai stata capace di fischiare.

«Allora lancia il nostro *yu-yu* a gola piena e noi capiremo.»

Così le hanno insegnato le zie.

Non le piace lanciare *yu-yu*, gli urli delle donne della tribù, che non siano di festa, ma deve farlo. Ci prova, ma ha talmente paura che il suono le si strozza in gola. Nessuno la sentirà. Cammina dritta e veloce, verso le tende. Ogni tanto volta la testa, sperando, e non sa bene perché, che quel cavaliere scuro lasci la pista, volti da un'altra parte, ritorni indietro. Il rumore continua a inseguirla. Allora accelera il passo fin quasi a correre. Tra lei e la tenda manca un centinaio di metri. Il rumore le è di spalle, sempre più vicino. Corre. Mai la sabbia le è sembrata tanto faticosa. La corsa tanto lenta e trattenuta. L'accampamento tanto lontano. Il vento tanto avverso. La paura tanto assurda. Irrompe nella tenda. Meno male, tutto è come sempre, per l'arrivo della sera. Gli odori del cibo, le donne che preparano cena e giacigli. Nonna Leyla seduta a gambe incrociate di fronte all'apertura, come sempre saluta il sole che cala. Yusdra si siede sulle sue ginocchia, l'abbraccia stretta. Affonda il viso nella stoffa del suo vestito, nel suo profumo di ambra. È difficile ingannare Leyla: — Perché tremi? Che cosa ti ha fatto tanta paura là fuori, capretta mia?

— Una motocicletta — risponde Yusdra, e nota che, a quella risposta, le donne si scambiano sguardi.

Il motore ora lo sentono tutti. — Una motocicletta — ripete la nonna. Il suo cuore cambia ritmo e comincia a battere forte, proprio come quello di Yusdra. All'unisono. La bambina le si aggrappa, se anche la nonna ha paura, c'è da avere paura. Molta paura.

— Chiudete la tenda — ordina Leyla. E mai si è chiusa la tenda prima che sia calato il sole. Le donne silenziose stringono i legacci. I fiati sono sospesi. Il rumore, fuori, dopo un piccolo scoppio, cessa di colpo spandendo lo stesso tanfo che manda il generatore dell'oasi quando s'ingolfa: benzina. Il braccio di un uomo s'insinua nella fessura dell'ingresso. In mano ha qualcosa di morbido. Lo srotola, è un foglio di pelle d'antilope, mangiato dal tempo, che porta al centro un disegno. Una specie di albero. Il cuore della nonna sembra calmarsi, quasi avesse riconosciuto l'uomo dal disegno.

Yusdra non capisce perché lei, con voce calma, dica alle figlie e alle mogli dei figli, che le ubbidiscono come fossero figlie sue: — Apritegli.

Ora la bambina spia dalle braccia della nonna la figura possente del cavaliere scuro. "Lo sapevo, non è vestito d'indaco, non è dei nostri. Ma se la nonna lo ha fatto entrare, devo stare tranquilla."

Invece l'uomo sta per pronunciare le cinque parole che cambieranno la sua vita.

— Sanno che lei è qui.

— A quanti giorni di marcia? — chiede la nonna, con un sussulto.

— Un paio, ma se partiamo subito, abbiamo il vantaggio della notte.

Sente le braccia della nonna stringerla, il suo cuore battere serrato, ma la voce mantenersi calma: — Non ti farà del male, capretta. — E capisce che quell'uomo è venuto a prenderla.

Capiscono anche le zie e le cugine che, rapide, mettono le sue poche cose in un fagotto.

Leyla ordina di offrire un tè al cavaliere scuro, e da mangiare, poi gli fa segno di sedersi. Lui prende la ciotola del tè alla menta, mastica rumorosamente il croccante al miele, ma non si siede. Bisogna fare prima possibile.

Yusdra si aggrappa alla nonna, urla. Non vuole andare via.

La nonna la obbliga a guardarla negli occhi: — Ora è il dolore. Poi la felicità. Lui ti porta in un mondo nuovo, ti devi fidare. Io sarò sempre qui — punta l'indice in mezzo alla fronte. — E qui — punta l'indice sul cuore. — E non dimenticarti mai la storia degli uomini in cammino, né che sei nata sotto un albero di datteri. Ma, attenzione — pronuncia le parole lentamente, come a suggellare un patto per sempre — nessuno deve sapere che vieni da qui. Che vieni dalla nostra tribù. Dove andrai, non dovrai parlarne con nessuno. Là comincerai una nuova vita. Il deserto sarà il nostro segreto. Io sarò il tuo segreto. Lo devi custodire qui e qui. — Di nuovo l'indice in mezzo alla fronte e sul cuore.

Yusdra chiede spaventata: — Andrò… dove?

— Al sicuro.

— Qui è al sicuro.

— Devi fidarti di me, capretta. Devi andare con lui.

— Andare dove?

E insieme alla voce, Yusdra alza lo sguardo dritto negli occhi della nonna, che quasi sillabando le risponde: — Lui ti porta dai tuoi genitori.

A Yusdra si gela il sangue. I suoi genitori sono morti quando lei era piccolissima. Il cavaliere, allora, è la Signora Nera! Ed è venuto a prenderla.

— Non avere paura, non è come hai sempre creduto — la rassicura Leyla e aggiunge grave: — Loro non sono morti.

— Perché non li conosco, allora? Perché non me lo hai mai detto? Perché?

Le donne intorno sviano lo sguardo. Solo la nonna tiene la testa alta e le risponde, con un tono fiero che non ammette repliche: — Non fare domande. Non fare mai domande sul tuo passato. Non c'è tempo da perdere. Devi andare con lui. Un giorno saprai. Ora devi fidarti di nonna Leyla.

La bambina non si stacca da lei che, invece, lascia cadere le braccia e si arrende al cavaliere scuro. Yusdra urla e scalpita. Le stanno dicendo bugie.

— L'ho fatto per il tuo bene, capretta. Ricordalo! — Poi Leyla tace, il volto di roccia.

Due mani forti la prendono, la staccano. Le zie la coprono con un grande scialle in lana tessuta, fanno fatica perché lei si divincola, le mettono in mano il fagotto con le sue cose. Yusdra lo butta per terra. Pazienti, lo raccolgono. L'uomo afferra di peso bambina e fagotto.

Yusdra urla ancora, mentre l'uomo la carica a forza sulla motocicletta, la mette cavalcioni davanti a sé e riparte, stringendole la vita quasi a soffocarla. Una sagoma contro il cerchio della luna.

Sono ormai lontani, ma nella tenda aperta, mescolato ai lamenti degli sciacalli e delle capre spaventate dall'arrivo dell'intruso, risuona l'urlo di Yusdra: — Puzzi come una carogna!

TRE ANNI DOPO

2

Conta fino a cento

La sveglia trilla sul comodino. La mano sbuca da sotto il piumone, scosta Pantoufle, l'orsacchiotto di peluche un po' spelacchiato, urta il bicchiere di plastica a pois gialli, lo fa cadere sulla copertina del *Piccolo Principe*, per fortuna il bicchiere è quasi vuoto. La mano annaspa sul piano, dove sono accumulati CD, fermagli per capelli, una gomma masticata, una lampada, il diario di scuola, la penna. Trova la sveglia. Pigia il tasto dell'allarme e finalmente silenzio.

Dalla finestra, di cui Yusdra non vuole siano mai chiuse le persiane, arriva il riflesso del lampione della Provinciale. Uno spiraglio di luce basta alla mano per farsi strada tra gli oggetti e raggiungere il pulsante della lampada a forma di fungo.

Stropicciandosi gli occhi, Yusdra si siede. Sistema il cuscino dietro la schiena, afferra il quaderno e la penna verde, un regalo della cugina Malika. Gliel'ha infilata in tasca, all'aeroporto, poco più di un anno prima. Tornava in Marocco con i genitori, dopo aver vissuto in Italia. La abbracciava con quel suo corpo morbido e un po' grassoccio, le sussurrava all'orecchio: — Dentro il cappuccio c'è un biglietto. Sai per chi è. — Tirava su col naso. — Digli che appena sono maggiorenne scappo e ritorno in Italia! Fammi sapere cosa ti risponde.

Yusdra aveva annuito, l'aveva stretta forte, sentendosi una vigliacca. Non lo avrebbe consegnato, il biglietto. Lo sapevano tutti che a quel compagno di scuola Malika non interessava.

— Verrai a trovarmi a Tangeri? Mi scriverai, vero?

Sempre.

— Anche su Facebook?

Certo.

Quella è la penna di Malika. La penna che le farà prendere un buon voto in italiano. "Se prendo un buon voto, faccio finalmente pace con la prof e forse riesco anche a far sorridere quel muso lungo di Yamìna."

Nessuno l'ha mai sgridata per il fatto che chiami per nome quella donna che le hanno detto essere sua madre. E come dubitarne? Le somiglia come una goccia d'acqua. Lo stesso colore di pelle. Più scuro di quello della sua gente. Gli stessi occhi allungati, gli incisivi superiori lievemente più grandi, spostati in avanti. Deve essere per quello che non le riesce di fischiare. — Sono in fuori per sorridere meglio — le dice Yamìna quando vuole farle un complimento. Purtroppo anche gli stessi capelli, tantissimi, ricci e ingarbugliati, una condanna! Le piacerebbe averli appena ondulati, come quelli di

Beatrice, la sua compagna di banco, la più brava in disegno di tutta la scuola, né bionda, né castana, con i capelli morbidi, ma non c'è verso. I suoi sono duri. Pettinarseli è una tortura.

La camminata, almeno, non è quella di sua madre, perché Yamìna si muove larga. Si vede che a smettere di essere nomadi si finisce per camminare in quel modo, aveva ragione nonna Leyla: *La gente che si ferma diventa smunta e molle, capretta*.

A lei, però, non succederà.

"Io camminerò sempre come una nomade, testa alta e schiena dritta."

Tayeb, suo padre, cammina proprio così e la riempie d'orgoglio. Da lui ha preso altezza, gambe lunghe, mani dalle dita affusolate e quel modo così speciale di muoverle. Suo padre vende frutta e verdura al mercato. — Ma è come se invece di cipolle, avesse in mano pietre preziose — dice di lui Yamìna, che se lo mangia con gli occhi.

"Fare la pace con la prof di italiano e strappare un complimento a mia madre... boh, più facile la prima cosa."

Da un po' di tempo, Yamìna è poco attenta a lei, addirittura non ha fatto una piega quando, la settimana scorsa, le ha portato la nota del preside. Certo, Yusdra si è limitata a dirle che era *solo* una nota data a tutta la classe, una specie di punizione collettiva, per essere stati rumorosi durante il discorso del sindaco, non le ha tradotto bene tutte le parole, soprattutto dove c'è scritto che è lei la responsabile dell'*increscioso incidente*. Yamìna ha firmato senza chiedere spiegazioni, senza per fortuna parlarne con suo padre, e c'è da augurarsi che non lo faccia mai. Lui è ben più severo.

Quanto a Irene, la mitica prof d'italiano, non se lo meritava di essere messa in difficoltà davanti a tutti alla Festa degli Alberi, proprio dalla sua allieva preferita...

Forse avrebbe dovuto chiederle scusa. Deve decidersi a farlo, anche se l'orgoglio è duro da vincere. E poi è stato proprio a causa dell'orgoglio che ha combinato quel guaio...

Risoluta, Yusdra impugna la penna verde di Malika e comincia a scrivere.

La storia del Piccolo Principe *mi piace perché parla a tutti i bambini del mondo, compresi quelli che stanno dentro gli adulti. E se i bambini stanno dentro gli adulti, forse anche gli adulti possono stare dentro i bambini. I papà, le mamme. Le nonne. I cugini. Anche se i bambini non sono come il serpente boa, non hanno ingoiato né una volpe, né un elefante e non prenderanno la forma di un cappello che sembra un elefante, o la forma di tutta la famiglia: papà, mamma, nonne e cugine. E nemmeno la forma della kheyma.*

Cancella l'ultima parola e scrive *della tenda*. Rilegge. Cancella tutta l'ultima frase. "Che cretina, non devo parlare del deserto e racconto della tenda dei nomadi..."

Poi la sua attenzione è disturbata da un rumore lontano, che viene dalla Provinciale. È invasa da un'ansia che la obbliga a balzare giù dal letto. Il quaderno cade. *Tic* fa la penna. La porta è aperta, nel corridoio c'è già l'odore del caffè. Il papà è lì, in cucina. Gli occhi assonnati. Il giubbotto di pelle.

Tutto come sempre, ma lei ha bisogno di aggrapparsi a lui. — Aspetta. — Si parlano in italiano e lui risponde sforzandosi di parlar bene, ma non c'è verso di fargli dire gli articoli. Una parola, però, non la traduce: *bàba*, papà.

— Sono in ritardo per mercato, piccola.

— Conta fino a cento prima di uscire.

— Perché?

Yusdra alza le spalle, non lo sa spiegare. Sorride.

— Vieni qui, da bàba. — Tayeb la prende sulle ginocchia. — Che ci fai già sveglia, capretta?

Capretta? Evviva, vuol dire che Yamìna non gli ha ancora detto niente della nota.

— Allora? Che ci fai in piedi?

— I compiti.

— Quali?

— Il commento a un libro.

— Ti consumerai occhi a furia di leggere. Che libro?

— *Il Piccolo Principe*.

— *Le Petit Prince*.

Le piace sentirlo parlare in francese, una lingua che nessuno le ha chiesto di dimenticare, come invece l'arabo.

Ancora qualche coccola.

— Mi raccomando, lascia dormire mamma. Ha bisogno di riposare.

— Perché? Di solito ti prepara lei la colazione.

— Di solito. Su, adesso devo proprio andare.

— No, manca ancora un po' a cento. — Lo ferma. — Per favore, non uscire adesso.

Lui la mette a terra e le dà un bacio sulla fronte. Lei lo trattiene ancora un po', stringendosi a lui.

Un botto tremendo e vicinissimo fa tremare i vetri. Viene dalla Provinciale. Yusdra ha un sussulto.

Il padre si precipita alla finestra.

Pallido, corre fuori.

3

Bastoni tra le ruote

Nel cortile, Yusdra è investita da una corrente umida e fredda.

Sulla Provinciale, proprio davanti al vialetto d'ingresso, un'auto è piombata addosso al camioncino di Tayeb, che si china sulle lamiere contorte. Yusdra lo segue spaventata. I piedi nudi sulla terra ghiacciata, che punge. Vede il padre aprire la portiera. Vede il busto di un uomo cadere fuori, pesante come un sacco di patate. Una macchia rossa si sparge a terra. Yusdra svia lo sguardo e soffoca un conato di vomito. Il padre rientra di corsa. Yusdra lo segue, mentre lui agguanta il telefono, concitato.

— Un'ambulanza. Presto, sulla Provinciale per Varese. Presto.

Yusdra gli si avvicina, trema di freddo e di paura. Il padre la abbraccia, mentre dà le coordinate a quelli della polizia stradale.

La faccia affondata nel giubbotto di pelle del papà.
— Me lo sentivo — mormora.

Se qualcuno avesse contato il tempo tra quando Yusdra

si è alzata dal letto dopo aver percepito quella sensazione d'ansia e il botto reale dell'auto sulla Provinciale, se qualcuno avesse contato, quel tempo avrebbe segnato cento secondi.

Abbracciata al padre, Yusdra ringrazia i profeti per avergli salvato la vita.

"Ce la farò ad arrivare in cima alla collina senza alzarmi in piedi sui pedali?" pensa mentre arranca sulla salita.

Si sta allenando dall'inizio della scuola. Deve farcela prima dell'arrivo delle gelate, quando Yamìna le impedirà di usare la bicicletta. Vuole arrivare alla villetta di Beatrice, seduta sul sellino, senza ansimare, farsi guardare con ammirazione dall'amica del cuore e giù, insieme, sulla pista ciclabile, pedalando come matte, chi arriva prima.

Yusdra, che ha un certo intuito nell'avvertire i pericoli, non sa prevedere le carognate più infami. Da una siepe sbuca pallone-gonfiato, Roberto, che purtroppo per lei abita da quelle parti. Tenta di infilare tra i raggi della bici un bastone.

Rapida, Yusdra sterza per evitarlo. Si volta: — Ti manca lo scatto!

Riprende velocità per sfuggire alla sassata, mentre le parole, che fanno male più dei sassi: — Pedala, schiava negra! — le arrivano dritte alle spalle.

Schiava negra. Se solo non avesse usato lei quella frase e proprio davanti al sindaco, quell'ignorante di Roberto non l'avrebbe ripetuta, adesso. Bel modo di tirarsi la zappa sui piedi!

— Io a te non lo dico — gli urla.

— Dire cosa?

— Quello che ti dicono gli altri.

— Sì, sentiamo, *negra*, e che cosa direbbero?

— Guardati allo specchio. — È ormai lontana.

Pallone-gonfiato, sudato e rosso di rabbia, prova a rincorrerla, ma non ce la fa. È costretto a fermarsi. Si piega in due, ansimante. Maledetta asma. Scaglia il bastone a terra e manda una maledizione, mentre quella ragazzina lunga-lunga riesce a conquistare la salita con le sue gambine secche, come se non facesse alcuna fatica, in piedi sui pedali.

Eccola in cima alla collina. Di là finalmente un orizzonte aperto: la catena delle Alpi, la massa del Monte Rosa e giù, in basso, lo specchio dei laghi. Non è brutto, il panorama, anzi. Ci sono delle volte poi, al tramonto, che il ghiacciaio diventa veramente rosa, è fantastico. Si può capire che la gente di qui ci tenga così tanto. Ma c'era proprio bisogno che, alla Festa degli Alberi, il sindaco, dopo essersi fatto aspettare per più di un'ora, facendo saltare a tutti intervallo e merenda, si presentasse con una pala in mano (pala più grande di lui) davanti a un buco nel terreno (buco largo quanto lui), già scavato dai ragazzi di terza? Che ammorbasse tutti con un discorso che non finiva mai, tanto che tra gli studenti, morti di noia e di fame, correvano i commenti.

— Nooo, adesso sclero.

— Ma che cosa fa?

— Fa le montagne con le mani! Il gioco dei mimi? È fuori di testa!

— Prof, aiuto!

— Applaudiamo, così la smette.

— Noooo! Che poi pensa che ci piace e va avanti di più.

— Contegno, ragazzi — li aveva messi a tacere la prof, anche se qualche sbadiglio glielo avevano visto fare. Per la verità, anche il preside dava segni d'impazienza, ma non c'era verso, quello continuava imperterrito il suo bla-bla-bla.

— Chi è nato in una regione come questa, una regione di acqua, di laghi, di montagne e di boschi… — come se non fossero cose già tutte lì da vedere — … una regione costellata dai nostri magnifici, ridenti paesi; chi è nato in una regione così speciale mette più radici di chi è nato, per esempio, in altri posti, in giro per il mondo.

Punto. E pausa che aveva fatto sperare che lo strazio fosse terminato: si sarebbe piantato l'albero e si sarebbe andati tutti a casa a mettere le gambe sotto il tavolo. E invece no, proprio mentre si apprestavano all'applauso di cortesia, il sindaco aveva ripreso a tradimento: — … *Quelli*, quando vengono qui da noi, devono abituarsi alle *nooostre* regole, alle *nooostre* abitudini, come chi ci abita, anzi, che dico? Di più, nevvero ragazzi?

Nevvero!?! Erano tutti affranti.

E finalmente la chiusura: — È obbligo per tutti, ma

ancor di più per gli *altri,* per gli stranieri, essere cittadini esemplari, ubbidienti. Ubbidientissimi. Fine del discorso. — Soddisfatto, aveva gettato la pala nel buco. Era scoppiato un applauso liberatorio. Ora toccava ai ragazzi.

Yusdra e Igor, un suo compagno albanese, scelti non a caso dalla prof di italiano, si erano avvicinati al buco, portando l'alberello da piantare. Avevano fatto anche le prove, il giorno prima. Igor avrebbe messo in sede l'albero e lei, al microfono, avrebbe dovuto leggere il tema in cui aveva scritto quanto, pur essendo in Italia da soli tre anni, si sentisse parte di questo Paese, e altri pensieri frutto di una discussione di classe. Invece, avvicinandosi al sindaco, che non le aveva nemmeno teso la mano, le era venuta un'idea e, davanti a tutti, aveva pronunciato le fatidiche parole: — Grazie signor sindaco per l'accoglienza. Penso che se lei mi piantasse in questo buco di cui non le abbiamo visto scavare nemmeno un centimetro, potrei mettere radici anch'io. Anzi sono sicura che la muffa salirebbe su fino alle braccia... — E qui aveva addirittura alzato le braccia a mo' di albero, facendogli il verso in una mimica esilarante. — ... E diventerei un salice piangente pronto a inchinarmi davanti a lei e a ubbidirle da qui all'eternità.

Paonazzo in volto, il sindaco aveva sbottato: — Che cosa vi dicevo? Noi li accogliamo e loro? Ecco come ci ringraziano. Roba da riformatorio! È questa, dunque, la tua gratitudine, ragazzina?

— Ubbidirle da qui all'eternità, come una schiava negra. Non le basta?

Niente a quel punto avrebbe potuto fermare le risate degli studenti, che piegati in due applaudivano e urlavano: — Yu-sdra! Yu-sdra!

Lo sgomento del preside, gli sguardi allusivi degli altri insegnanti verso la prof che scuoteva la testa delusa, Beatrice che si era messa le mani davanti alla bocca come a dirle "l'hai fatta grossa" le avevano fatto capire di essere andata oltre, molto oltre il consentito.

Yusdra pedala verso la casa di Bea e si tormenta di domande. Ha conquistato la simpatia dei suoi compagni, ma a che prezzo, visto che ha perso la fiducia della sua insegnante preferita?

4

Troppi fratelli!

— Hai visto se i tuoi fratelli hanno il casco?

È almeno il decimo incarico della giornata. E la giornata è iniziata da un'ora soltanto.

A denti stretti, Beatrice risponde alla madre che controlla dalla finestra della cucina: — Sì, mamma.

Il quarto fratello, Luca, prima elementare, vuole un bacino sulla guancia. Beatrice si china e glielo dà.

Il terzo fratello, Davide, terza elementare, ha dimenticato il casco. Beatrice va a prenderglielo.

La seconda sorella, Margherita, quinta elementare, urla con quella sua voce acuta che le perfora le orecchie di non riuscire a mettere lo zaino nel cesto della bici. Beatrice glielo incastra.

Dei gemelli appena nati, Giorgio e Gaia, Beatrice non se ne deve occupare fino al pomeriggio. Meno male, perché l'hanno tenuta sveglia tutta la notte, frignando a turno. Non vede l'ora di sfogarsi con l'amica e di passare qualche ora lontano da casa. Evviva la scuola!

Ecco Yusdra che arriva ansimando: — Ce la stavo facendo, ma poi quel cretino…

— Di nuovo Roberto? Ma dai, aveva smesso!

— Ha ricominciato. E indovina come mi ha chiamata? *Sporca negra*!

— Ma tu…

— Sì, lo so, me la sono cercata.

— Però sei diventata un mito per tutti! L'hanno scritto anche sul giornale.

— Col mio nome?!?

— No. *Studentessa di scuola media risponde per le rime al sindaco.* L'hanno scritto sul foglio della parrocchia.

— Sul foglio della parrocchia? Meno male, mio padre non lo legge senz'altro, mi ammazza, se no.

— Comunque vedrai, se Roberto non la smette, lo portano in comunità.

— Che…?

— Una specie di riformatorio.

— Proprio dove vuole spedirmi il sindaco. T'immagini? Io e pallone-gonfiato insieme in un carcere dei ragazzi, con le catene… così me le dà in testa!

— Figurati, giocano a pallavolo, là dentro.

— Sì, e hanno anche la piscina, adesso. È sempre un carcere, dai!

— Ma la guardi la televisione? Hai presente quella che ha fatto fuori tutta la famiglia? È diventata una campionessa di pallavolo!

— Ah, è vero. E come l'hai saputo, dico di Roberto?

— A messa, domenica, mia madre parlava con una dei Servizi Sociali.

— Cioè?

— Boh, gente che lavora per... aspetta... per il Tribunale dei Minori.

— Vedrai che ci finisco io, in Tribunale!

— Tranquilla, qui da noi non succede.

— Solo che, adesso, la prof ce l'ha con me.

— Secondo me no. Non hai visto come sbadigliava, quando parlava il sindaco? Però forse dovresti...

— Chiederle scusa?

Beatrice le sorride: — Eh sì. Sei riuscita a fare l'elaborato?

— Ho messo la sveglia alle cinque. Uh, ti devo raccontare. È successa una cosa pazzesca!

E, invece di gettarsi giù per la discesa a scapicollo, rallentano. È il momento delle confidenze.

— Davanti a casa mia, stamattina...

Marco scende da una vespa rossa. Si toglie il casco e bacia la madre che le compagne guardano dandosi di gomito. È bella, elegante, con i tacchi, il sorriso più smagliante che ci sia e i capelli biondi impeccabili, nonostante il casco. Niente a che vedere con le mamme grasse che sanno di sugo fin dalla mattina presto. Con le mamme depresse (Beatrice ha detto a Yusdra che la mamma di Roberto è proprio così, non esce mai dalla camera e tiene le persiane chiuse). Niente a che vedere con le mamme leopardate, orecchini sgargianti e il sogno di "andare" in tv (sempre

Beatrice ha raccontato a Yusdra che la mamma di Deborah, detta Deh con l'"acca", ha provato a iscriversi a un reality, naturalmente non l'hanno presa). Ecco lei, la mamma di Marco, è diversa. Lei è semplicemente perfetta, come nella pubblicità di un giornale di moda.

E anche il figlio piace alle ragazze. Lo guardano incantate. Bello da *moriiire* con il ciuffo biondo che gli va sempre sugli occhi *dooolci* grandi e nocciola. Ancora più bello da quando gli è morto il padre, *poveriiino*. Da quando Lu, cioè Ludovica, ha detto che lui è chic, Marco è diventato per le femmine lo-sciccoso. Gli dà fastidio quel soprannome, ma meglio quello dell'altro, il-merdoso. È così che lo chiamano Roberto e i suoi tirapiedi Giovanni e Nicolò, tutti e tre ripetenti. Eccoli. Capelli induriti dal gel, scarpe molleggiate, pantaloni calati a far uscire il bordo delle mutande, gli si avvicinano. Qualcuno gli mette anche una mano sulla spalla. Gli strappano lo zaino e cominciano a lanciarselo, come fosse un pallone.

Marco non reagisce. Li guarda con un'aria distaccata, mentre il piede batte a tempo e la testa aggiusta le parole di un rap: *... non mi fido di te, non mi fido di te, io non mi fido di te.*

Lo zaino lo colpisce a una spalla.

Marco lo raccoglie, entra nel cortile della scuola e passa vicino a Yusdra e Beatrice, appena smontate dalla bici. Con loro, che lo chiamano semplicemente per nome, si può parlare. Anzi parl*a*re, con la e*rr*e moscia, identica a quella della nonna.

— Se fossi in te, lo stenderei con una mossa di judo, lo arrotolerei come un tappeto e lo spingerei giù fino alla discarica! Dico pallone-gonfiato — gli lancia Yusdra.

Marco alza le spalle. Gli piace quella ragazzina dalla pelle scura, diversa da tutte, capace di mettere nel sacco un sindaco arrogante, un buzzurro che anche suo padre detestava. — Che libro hai portato?

— *Il Piccolo Principe.*

— Belli i disegni. E tu, Beatrice?

— Ho dovuto tenere in braccio Giorgio che aveva la febbre, mentre Gaia sbraitava. Poi i due mostri hanno pianto e non ho chiuso occhio. Nessun libro, ma ho la giustificazione.

— Beata te!

— Non dirlo neanche per scherzo, Marco. Io ci tenevo a fare il commento al *Giardino segreto*.

— Ho visto il film.

— Non è la stessa cosa che leggere un libro.

— È meglio! Se venite da me, oggi ve lo faccio vedere.

Marco e il suo megaschermo nel salotto della tv. Marco e la sua mania per il cinema.

Felice dell'invito, Beatrice sorride. Suona la campanella. Yusdra raccoglie lo zaino da terra e insieme entrano a scuola.

Da lontano intravede la prof. Le sorride, ma lei le risponde con un lieve cenno. Non la regge più, quella freddezza, affretta il passo per raggiungerla.

Un fiato a buttare fuori l'ansia.

— Prof!

5

Spostare una seggiola senza fare rumore

— Prof, volevo… volevo, ecco, per la Festa degli Alberi… insomma per quello che ho detto al sindaco…

— Sì?

— Ecco io… — Si blocca, svia lo sguardo e non sa che dire.

— Di solito, Yusdra, le parole non ti mancano!

— Giusto. — Finalmente la guarda negli occhi. — Volevo chiederle scusa.

Il viso di Irene si addolcisce: — È tuo diritto esprimere opinioni, però quando si è invitati a rappresentare un'intera classe non si possono esprimere opinioni personali. Te la sei cavata con una semplice nota del preside, ma io ci rifletterei sopra: ci sono tempi e modi per argomentare la propria verità.

Yusdra annuisce. *La verità, capretta, non è cosa facile. Costa tempo e lunghi viaggi dei piedi e della mente.* Appunto. Tira fuori dallo zaino un foglio grande e glielo porge: — Ho scritto l'elaborato sul *Piccolo Principe*.

— Bene, me lo dai in classe.

— Ma… mi ha… insomma, non ce l'ha più con me?

— In classe — la sollecita burbera Irene, ma intanto le sorride.

Sollevata, Yusdra entra in classe, dove piomba nel bel mezzo di un pettegolezzo.

— Guarda com'è vestita, sembra una zingara! — sibila Deh alle spalle della prof, che si attarda sulla porta a parlare con la segretaria.

— A me piace, con quella gonna! — interviene Yusdra.

Deh e il suo gruppetto, tutte in carne, magliette sgargianti sopra i pantaloni, tutte così attillate da sembrare pupazzi gonfiati, la squadrano dalla testa ai piedi e le rivolgono un sorrisetto di commiserazione. Come può permettersi *lei* di parlare di moda?

— Ma tu che ne sai? Non è che vieni, per dire, dalla città della moda, tipo Milano!

— La prof sta bene vestita così.

— Lo dici perché sei la sua cocca.

— *Se* è ancora la sua cocca, perché mi sa che l'ha fatta incavolare davvero, questa volta! — le dà man forte l'amica del cuore.

— *Sc*i però anche a me piace Irene vestita co*sc*ì! — azzarda Lu, che non riesce a pronunciare correttamente la *esse*, da quando ha l'apparecchio.

— *Sceee*ntila! — le fa il verso Deh.

— Però, ridevate anche voi, alla Fe*sc*ta degli Alberi!

Deh le punta un dito addosso e le dà piccole spinte provocatorie: — Tu-non-devi-fiatare, perché quando apri bocca sputi dappertutto, *bleah*!

Si mette male. Lu si ritira in buon ordine, deglutendo con la bocca aperta e la lingua un po' in fuori, a proteggere le labbra dai ganci metallici. Il gruppetto ridacchia.

— Irene, almeno, ha un suo stile — dice secca Yusdra, squadrando Deh dalla testa ai piedi.

Sì, forse non hanno torto a dire che la prof la tratta in un modo speciale. In prima media, si fermava con lei dopo l'orario delle lezioni per insegnarle bene l'italiano, e quando aveva scoperto che le piaceva leggere, le aveva chiesto: — Chi ti ha insegnato ad amare così tanto i libri?

Yusdra le aveva risposto con un lampo di orgoglio: — Una poetessa. — Poi, per non dire altro, per non rischiare di svelare il proprio segreto, anche se aveva una voglia matta di confidarsi con lei, aveva cambiato discorso. — Le piace il suo lavoro?

Irene si era illuminata: — Non potrei farne a meno.

Così Yusdra aveva pensato che forse anche a lei sarebbe piaciuto, un giorno, fare il lavoro di Irene: insegnare.

Quando Irene alza la testa e li guarda da sopra gli occhiali, i ragazzi della 2F, approvino o meno il suo modo di vestire, tacciono come per incanto.

La prima cosa che ha insegnato loro: salutarsi guardandosi negli occhi.

La seconda cosa: spostare le sedie senza fare rumore.

L'avevano guardata strabiliati, mentre lei inseriva un CD nel lettore e diceva: — Al mio via dovrete scambiarvi le sedie, senza fare rumore. Io farò partire il CD e voi dovrete indovinare qual è la canzone, il primo che alza la mano avrà un premio. Ma io terrò l'audio basso basso... Vedrete che, forse, entro la fine dell'anno ci riuscirete!

Qualcuno aveva commentato che non c'era niente di più facile, non ci sarebbe mica voluto un anno per imparare a spostare una sedia senza fare rumore. Qualcun altro aveva chiesto perché.

E Irene, serafica: — Perché il rumore delle seggiole che strisciano sulle mattonelle mi fa arricciare i denti.

Per spostare le sedie senza fare rumore c'è voluto un anno.

L'ultimo giorno di scuola, per Irene, è stata la più bella sorpresa che potesse aspettarsi. L'hanno bendata. Hanno inserito un CD di Jovanotti e, senza far rumore, a parte bisbigli come: — Shh! Shhh! Cretino! Sarai intelligente tu! — hanno cambiato l'assetto dell'aula, disponendo banchi e sedie a cerchio, intorno a lei. Poi le hanno tolto la benda e le hanno regalato un mazzo di fiori, mentre Jovanotti cantava in un silenzio irreale.

Irene si era commossa: — Siete la classe più bella che mi sia capitata!

Era la classe più bella, perché da quando in 2F sono arrivati i ripetenti – Roberto, Giovanni e Nicolò – la storia è tutta un'altra e bisogna ricominciare da capo.

La terza cosa che i ragazzi hanno imparato da Irene è esporre a tutta la classe e non solo alla professoressa il contenuto di una lezione.

Durante l'esposizione del compagno, tutti hanno diritto di parola purché alzino la mano. Possono domandargli di tenere un tono più vivace e meno *soporifero*, aggettivo imparato presto e molto usato in classe. Possono interrompere, chiedere che venga ripetuto un passaggio. Dissentire, ma devono argomentare.

In 2F, i ragazzi sono ormai capaci di ascoltarsi l'un l'altro, a parte il gruppo dei ripetenti, capeggiati da Roberto che, perlopiù, sta con la testa affondata nelle braccia e quando si sveglia da quel suo torpore smuove un tanfo di patatine fritte, misto a odore di gel. Di solito spara battute a caso, spacconate che, sì, possono far ridere gli sciocchi, ma che lasciano indifferente la maggior parte. E Irene, invece di farlo tacere, che fa? Irene lo ascolta.

Da parole biascicate, smozzicate, risatine cariche di sottintesi volgari, insomma da quel guazzabuglio di provocazioni che è il modo di parlare di Roberto, Irene riesce sempre a far affiorare un concetto coerente, qualcosa di ascoltabile, perfino interessante. E glielo restituisce, lo sta facendo proprio ora: — Se non ho capito male, Roberto, tu *ci* stai dicendo che l'invasione dei barbari in Italia...

Quello risponde, ancora più gradasso: — Io non parlavo di *quei* barbari, io parlo di *questi* barbari. — E con le palpebre a metà, come se facesse fatica ad aprirle del tutto, punta lo sguardo su Igor, l'albanese, poi lo sposta su Michele, il russo adottato, su Juan e Malena, i due peruviani, per posarsi e indugiare a lungo su di lei, *la schiava negra*, che pronta replica: — Io sono berbera, non barbara.

Una risposta che attira l'attenzione di tutta la classe, perfino di Giovanni e Nicolò: — Che cosa ha detto che è, quella lì?

— Boh!

Irene si illumina. E Yusdra capisce. Capisce di aver fatto la cosa proibita, di aver messo in piazza il suo segreto, o almeno una parte fondamentale del suo segreto, quasi che non ce la facesse più a restare chiuso dentro. E perché poi? Per discutere con quel cretino, per averla vinta su di lui. Che stupida! Si morderebbe la lingua, davanti al sorriso buono di Irene.

— Evviva! Yusdra, la nostra Yusdra ha deciso finalmente di parlarci di lei. Dunque, tu arrivi dal deserto?

Beatrice si volta verso l'amica con uno sguardo carico di curiosità.

Accidenti.

6

La testa sotto la sabbia

Dopo la scuola, Beatrice assilla Yusdra.

— Allora, sei davvero berbera, cioè arrivi proprio dal deserto?

— Ma no, ho detto così, per dire.

— Figurati!

— Davvero. Adesso però devo andare — taglia corto Yusdra.

— Aspettami, non riesco ad aprire il lucchetto della bici.

— Scusami, ma mia madre mi aspetta. — E già pedala verso la salita.

— Però, Yu, come sei!

— Ci vediamo!

Beatrice la odia quando fa così. Quando ha la luna storta. Quando d'improvviso risponde male senza un motivo. L'ha fatto anche con Irene. — Barbari, berberi, burberi: sono solo vocali — ha detto.

— Una vocale che può fare una grande differenza — ha precisato la prof. Poi, vedendola di cattivo umore, ha cambiato argomento. — So che hai preparato il commento al libro di lettura, vuoi leggerlo ai tuoi compagni, Yusdra?

Ed ecco che Yusdra prende nove nel compito.

Perché, perché tutti sono così disposti a essere indulgenti con lei? A cavarla dai pasticci? si domanda Beatrice.

Lei, invece, non riesce a superare così facilmente i momenti difficili. Certo, Yusdra non ha cinque fratelli che portano via tutta l'attenzione della madre-sforna-figli.

Yusdra è unica. Unica in famiglia. Unica in classe. Unica in tutta la scuola. Unica nell'universo.

E gli "unici" non devono lottare per stare al centro dell'attenzione. Ci sono nati, al centro. Gli unici.

Bea inforca la bicicletta con rabbia ed ecco che il pedale assassino le ferisce la caviglia.

— Ahia.

Marco le sorride: — Male?

— Dici a me?

Lui non smette di sorriderle e arrossisce appena.

Beatrice alza le spalle e allarga bocca, occhi, faccia, guance, orecchie. — Non così tanto!

— Ci vediamo! — Questo sì, questo *ci vediamo* suona bene e rimette a posto la giornata.

Beatrice annuisce pensando che, a volte, non è tanto male restare un po' da soli, anzi forse se si è capaci di stare da soli, un tipo come lui, che sta sempre sulle sue, prende più coraggio.

Marco infila il casco e monta cavalcioni la vespa rossa, alzando un po' la mano in un cenno d'intesa verso di lei, che se ne va a casa allegra, anche se non farà la strada con la sua migliore amica.

Yusdra pedala china in avanti e il bel voto che ha nello zaino non le alleggerisce la salita.

"Non sono nemmeno capace di mantenere un segreto." E poi quella risposta secca a Irene, proprio dopo che lei l'aveva perdonata. "Sono veramente pessima, pessima."

Però è difficile mantenere un segreto, quando non se ne conosce la ragione. Perché nessuno le ha mai spiegato come stanno le cose. Dov'erano i genitori mentre lei trascorreva la sua prima parte di vita con nonna Leyla e non sapeva nemmeno di averceli, due genitori?

È ormai dall'altra parte della collina, il bel panorama lasciato alle spalle, giù verso la zona commerciale. È umido, fa freddo. La ciclabile passa davanti a una serie infinita di capannoni, edifici in cemento armato con vetrine di mobili e lampade, discount, venditori di statue da giardino, McDonald's. Il traffico manda una puzza di smog insopportabile, cui si unisce quello della discarica. L'orizzonte finisce lì, nella segnaletica della pista ciclabile che sembra convergere in fondo. Che poi non è un fondo. È un cartello stradale arrugginito che indica la frazione dove abita.

Lo zaino sbattuto malamente a terra.

L'odore di cucina.

Yamìna le serve il cous-cous alle verdure.

— Vado a lavare le mani, *mamma*.

Bisognerà pure abituarsi a chiamarla così. Poi davanti allo specchio, scontenta di sé, se la prende con i capelli che l'umidità ha ingarbugliato ancora di più. Si controlla i fianchi: "Mi verranno enormi come a *lei*? Aiuto!"

Però è con lei che vive, ormai. Dovrà farsene una ragione. Non è nemmeno tanto cattiva, non la sgrida mai.

Rientra in cucina. Si avvicina alla madre, la stringe alla vita.

Yamìna è sorpresa, Yusdra di solito abbraccia il padre, non lei. Sta per azzardare una carezza sulla testa riccia, ma poi lascia cadere la mano lungo il fianco. È una ragazzina così difficile: un gesto di troppo e te la trovi nemica. Così Yamìna, semplicemente, le chiede: — Com'è andata a scuola? — Glielo chiede in italiano, con quelle "a" che sono tagliate via, una vibrazione sul palato, un suono nasale che non è una "a" e neanche una "o".

— Ho preso nove.

— Ah!

"Ah! Solo ah!?"

Il cous-cous è buono. Riempire lo stomaco aiuta. Forse non è così grave aver detto che viene dal deserto. Forse la prof non ci ritornerà sopra. E i compagni? Forse la 2F ha altro cui pensare: le ragazze i vestiti, i ragazzi il torneo di calcio. Per loro l'Africa è tutta uguale.

Beatrice invece le farà domande, soprattutto dopo che l'ha mollata lì, davanti a scuola. Ma Beatrice è buona, Beatrice capisce tutto. Beatrice perdona.

Si alza e agguanta il telefono, compone il numero.

Yamìna arriva, le prende la cornetta di mano. — Prima finisci di mangiare, poi telefoni.

Il telefono squilla in casa di Beatrice. Nessuno può alzarsi da tavola ora. Uno sguardo della madre-sforna-figli inchioda tutti con la preghiera di rito: — Ringraziamo per i doni che il Cielo ci ha mandato: tutti voi, cari figli. Per la nostra meraviglioooosa famiglia e per il cibo che stiamo per prendere, amen, mangiate se no si raffredda. Oh bene, ha smesso di squillare, quel telefono.

— Ahia! Puoi star fermo con quei piedi, Luca? — Beatrice affonda la forchetta nella pasta che è già una colla e implora il Cielo, nella prossima vita, di non riempirla di tutti questi doni, cioè i suoi fratelli. O, almeno, che la faccia nascere per ultima.

Yusdra ha divorato il secondo e la frutta.

— Posso?

Yamìna fa cenno di sì.

Va al telefono. Rifà il numero.

— È per me, mamma! — schizza dalla sedia Bea.

— Finisci di mangiare, rispondo io. — Agguanta il telefono, mentre allatta Gaia e il gemello protesta rumorosamente. — Stiamo mangiando, Yusdra, vi sentite dopo. — Chiude di colpo la telefonata, poi a Bea: — Di' alla tua amica di non chiamare più mentre siamo a tavola. Luca, finisci quella carne.

— È dura!

— Che ne può sapere lei? — protesta Bea.

— Perché? Non è ora di pranzo anche per loro? Taglia la carne a tuo fratello.

— Però, mamma, potevi essere un po' più gentile!

— Taglia quella carne.

Il gemello continua a protestare.

— Oh, quanto ha mangiato la mia Gaietta! Sì, adesso tocca a te Giorgio, un momento! Bea, preparagli il biberon.

— Ho solo due mani, mamma!

— Anch'io ho solo due tette.

Marco, a tavola già da un quarto d'ora, non ha ancora toccato cibo. La mamma bionda e perfetta si aggira nei paraggi della sala da pranzo. Marco si sente spiato dagli occhi che sbirciano, sopra le sue spalle, fin dentro il suo piatto. Sente anche la frase lanciata dalla madre alla nonna, a mezze labbra: — Ancora non ha finito.

E la voce della nonna: — Questo ragazzo mi preoccupa, mangia troppo poco. Troppo lento.

— Shhh... non farti sentire da lui.

Marco posa la forchetta e quel po' di fame che aveva gli passa del tutto.

Roberto è in cucina, davanti al forno a microonde. Il piano di lavoro, il lavello, sono perfettamente puliti, come se non fossero stati usati. *Bip-bip*, apre lo sportello. Appoggia il contenitore sul tavolo: affonda il testone nelle lasagne precotte. I gomiti larghi, la forchetta impugnata come una zappa, le guance che ingurgitano senza masticare, nella mano destra l'iPad, con lo schermo unto di ditate. Di fronte a lui un grande televisore acceso. Le persiane della camera dei genitori sono ancora chiuse.

Il pomeriggio di compiti, o televisione, inizia per tutti.

Yusdra non è riuscita a parlare con Bea, il suo telefono, dopo pranzo, era sempre occupato.

Le chiederà scusa domani.

Apre il libro di matematica. Non ci capisce niente. Non ha nessuna voglia di capirci qualcosa.

La nebbia fuori sta calando. Il traffico rallenta.

Non sono nemmeno le cinque ed è come fosse sera. Da giorni il cielo è coperto da una cappa immobile.

Mordicchia la penna portafortuna. Beata Malika che vive in Marocco, un posto pieno di luce. Un posto dove le nuvole passano e non si fermano lì a occupare il cielo per tutta la stagione.

7

Nella stanza dei bottoni

Ora di religione. Yusdra e Igor l'albanese sono con l'insegnante di matematica nella stanza dei bottoni, l'aula d'informatica; gli altri sono rimasti in classe.

— Ragazzi, scaricate questi siti. Oggi parliamo dello zero, un numero davvero, davvero interessante. — Ripete sempre le parole due volte. — Io devo andare un momento in presidenza.

Le finestre sono velate da un'insistente pioggerellina.

Zero: a Yusdra viene in mente la tempesta di sabbia che solleva i granelli come infiniti zeri uno dentro l'altro...

Odia avere questi attacchi di nostalgia. Apre l'astuccio e con un gesto automatico agguanta la penna portafortuna.

Malika!

Ecco con chi ha voglia di parlare! Non la sente da un sacco, magari è anche lei al computer.

Sa che non dovrebbe, ma è una tentazione irresistibile, solo che non è facile con Igor tra i piedi, e non solo perché è uno che non è capace di stare fermo nemmeno da seduto, ma perché è ansioso. Non potrebbe mai averlo come complice, uno che va in paranoia.

— Facciamo così: io scarico e tu vai a ritirare le stampe?

— Manca la carta.

— Vai a prenderla in segreteria.

— Ok. — Igor esce.

Andare in segreteria e farsi dare un pacco di carta è storia lunga, abbastanza per... cliccare su Facebook la password e provare a chattare con Malika.

- ci 6

- oui - è un secolo che non ti fai viva - dove 6

- stanza dei bottoni - se mi beccano sono fritta

- al volo come si scrive - pour découvrir nos dernières minutes cliquez sur contact/réservation et envoyez-nous une demande d'information - devo preparare i dépliant in it

- per scoprire le nostre offerte, cliccate su contatti/prenotazioni e inviate una domanda di informazioni, anzi una richiesta di informazioni - com'è venuto?

- super - clique sur riad al ramal tangeri - belissimo

- ti stai dimenticando l'it - bellissimo due elle

Rapida apre un'altra finestra e clicca: sullo schermo appaiono immagini di un edificio bianco e azzurro, pieno di fiori.

- wow è spaziale :–)

- oui, mais dopo chi farà i letti? Malika :–(

- fantastico - le suite - le terrazze... anche la piscina
- ... e le déjeuner in camera chi lo porta? Malika... è così che passerà tutte le vacanze di fine anno!
- meglio a tangeri che qui - è uno schifo questo posto sotto la pioggia
- è uno schifo qui... mi tengono legata al palo come un dromedario
- non ci posso credere!
- è bastato ritornare in marocco e mi stanno facendo diventare una schiava

— Che fai Yusdra?

La prof! Non l'ha sentita arrivare. Ci manca litigare anche con la prof di matematica. — Dovevi consultare i siti sullo zero, sullo zero, e invece ti ritrovo a guardare gli alberghi di Tangeri...

— Mi scusi, prof.

— Lo sai che non è permesso, non è permesso, navigare in rete sui siti di cui non vi ho dato l'indirizzo, l'indirizzo. Ripete ancora più spesso le parole, quando è contrariata.

— Sì, lo so.

— Ma posso-posso capirti. Sei di lì?

— No, no — si affretta a rispondere Yusdra. — Guardavo così, per curiosità. Per curiosità... — "Oddio mi sta attaccando il vizio." — ... Un riad. Riad. — "Me l'ha attaccato!" — Si chiamano così, in Marocco, certi alberghi che sono un po' più di un albergo, ecco...

— Lo so. Bello questo! — Per fortuna non si accor-

ge della chat rimasta aperta, sotto l'immagine del riad.
— Buono a sapersi. Perché il Marocco mi piace tanto! Ora chiudi, Yusdra.

Yusdra ne approfitta per salutare Malika.

- c'è la prof :–(

— Bravo Igor, hai ritirato le stampe! Allora dicevo, lo zero è talmente speciale, talmente, che potremmo definirlo un numero infinito. Perché usiamo la parola "infinito" per lo zero?

Marco, Beatrice e Yusdra, seduti sul tappeto del salotto di Marco, guardano sul megaschermo un horror. Beatrice si tormenta le mani, Marco continua a far ballare il ginocchio, Yusdra ha il collo rigido e la bocca tirata. Trattengono il fiato quando i becchi di decine di corvi si avventano contro i vetri di una cabina telefonica, dentro cui si è rifugiata la protagonista. La tensione si taglia con il coltello.

L'arrivo della cameriera, con il vassoio del tè, li fa sobbalzare di paura.

Marco mette in pausa.

Beatrice si avventa sulla merenda. Il biscotto intinto si stacca dalle dita e *splash* cade nella tazza, schizzando dappertutto. — Ops.

— Ti cambio la tazza? — la soccorre Marco.

"Quei due vanno più d'accordo del solito" pensa Yusdra.

— Figurati — risponde sorridendo Beatrice. — A me piace quando fa tutto il pappone, in fondo.

— Che schifo! A me sembra fanghiglia.

— Buona la fanghiglia!

— Sei veramente vomitevole, Bea!

Ridono. Bea è troppo contagiosa, anche a Yusdra viene da ridere. — Guardati!

— Cosa?

— Ti si allarga tutta la faccia! Ah, ah!

— Le ridono anche le orecchie!

— E tu invece diventi tutto rosso!

— Non proprio tutto, ah, ah, è che lui diventa rosso a chiazze!

— Come una mucca! Ah, ah, ah!

— L'ho fatto di nuovo? Per favore ditemelo quando divento rosso a chiazze!

E si rotolano sul tappeto. Le ridono anche le orecchie! A chiazze come una mucca!

Sulla strada del ritorno, Yusdra e Bea pedalano fianco a fianco.

— Ti è simpatico Marco?

— Molto simpatico.

— Bella casa eh?

— È *rr*icco! — Yusdra gli rifà il verso.

— Un po' triste però, no, dico la casa...

— Da paura, in mezzo a tutti quegli alberi enormi! Chissà quanti corvi!

— Non me lo ricordare, Yu.

— Io non ci dormirei tranquilla.

— Io, tanto, ho paura lo stesso.

— Ma dai! Siete in metà di mille. Non come me, da sola in una camera enorme e chiunque potrebbe entrare dalle finestre…

— Perché non chiudi le persiane?

— Tanto se deve entrare, entra.

— Chi?

— La Signora Nera.

— Oddio… è quello che penso? Non dirlo che mi fa paura…

— Ma dai, tranquilla, siamo ancora giovani…

— Io, io… non è che ho paura per me… È che ci sono delle cose che possono capitare di notte, quando non si è proprio… né svegli, né si sta veramente dormendo. Cose… hai capito no?

— Cose tipo zombie?

— Sì, solo che… magari sei tu, che diventi uno zombie. Sai, quando non si dorme e quando non si è svegli, non si sa quello che si fa. E possono succedere cose. Anche brutte.

— Stai parlando dei sonnambuli?

— Eh, tipo…

— Fammi capire, chi conosci che è sonnambulo, Bea?

Beatrice alza le spalle. Poi lancia la sfida: — Chi arriva prima!

Si rimettono a pedalare sostenute, arrivano insieme davanti al cancelletto. Frenano e sterzano con il piede a terra.

— Senti, ma com'era vivere nel deserto? — La domanda di Beatrice arriva a bruciapelo.

Yusdra la blocca subito. — Facciamo un patto, Bea. Fa' conto che non sia mai stato detto.

Bea s'illumina. — Ma difatti non l'hai detto tu, l'ha detto la prof!

— Perfetto. E se qualcuno ti chiede qualcosa...

— Gli dico che non so niente. La verità, no? Perché io non so proprio niente di te.

— Shhh! Basta parlarne. — Yusdra la fissa negli occhi e spara: — È una questione di vita o di morte!

Bea è sconcertata.

Yusdra pensa di averla sufficientemente spaventata. — Carta-sasso, dammi il pugno. — Glielo stringe nella mano con il loro segno speciale. — Ci vediamo domani! — Si rimette in marcia.

— Bea! Puoi aiutarmi a stendere i panni? — È la madre-sforna-figli che la chiama dal giardino. — Bea! Bea, sbrigati!

— La senti? Anche per me è una questione di vita o di morte. Arrivo, mamma!

8

Una questione di vita o di morte

Le palpebre si stringono, gli occhi bruciano. I granelli entrano dappertutto. I piedi di Yusdra che camminano nell'immenso braciere infuocato seguono la sagoma di un uomo che lascia dietro di sé tracce di un liquido blu, l'indaco, che subito si rapprende. È costretta a camminare piegata contro il vento. Le labbra sono secche e gli occhi fanno male per quanto bisogna stringerli contro la luce e i mulinelli di sabbia. La distanza tra lei e l'uomo si fa sempre più grande. Yusdra cerca di ridurla, piegandosi ancora di più, contro la tempesta. Lui si ferma ad aspettarla, si gira. Ora lo riconosce.

È suo padre Tayeb. Anche se il volto è orrendamente sfigurato dai rivoli blu. L'indaco si sta sciogliendo, consuma il tessuto e solca il viso e la pelle. Presto rimarrà uno scheletro. — Va' via, va' via.

— Dove? Dove devo andare, bàba? — risponde carica d'ansia Yusdra.

— Fa' camminare gli occhi, vedrai che gli vanno dietro anche le gambe.

Passa oltre senza guardarlo, la gola arida e la lingua che non ce la fa nemmeno a raggiungere le labbra.

Yusdra si sveglia di botto e si mette a sedere sul letto.

La mano corre alla bottiglietta. Beve. Qui, in questa regione di laghi, c'è acqua quanta se ne vuole, eppure la sete del deserto la rincorre ancora.

Accende la luce: quasi le cinque. Cercare di riaddormentarsi?

Passi nel corridoio, è il padre, che esce per andare al mercato.

È giorno ormai. Non si fanno brutti sogni, quando bàba è sveglio. Tranquillizzata, Yusdra si riaddormenta.

Roberto il sonno ce l'ha leggero. Sente litigare i genitori dietro la parete. Mette la testa sotto il cuscino, ma li sente uguale. Lui le dice che dovrebbe almeno farsi una doccia, cambiare le lenzuola. Lei gli risponde che tanto ce n'è già un'altra che gli fa trovare le lenzuola pulite. Che non vuole più vivere. Che la lascino in pace. Lui: — Sei una matta, non sei capace né di fare la moglie, né la madre. Tutto quello che sai fare è riempire tuo figlio di soldi e di cibo. Lo stai facendo diventare un maiale.

Alla parola "maiale" Roberto ha voglia di mangiare una braciola, sì proprio adesso, alle sei del mattino. Cerca di pensare ad altro, ma gli viene in mente solo che mancano pochi giorni a Natale, le feste sono il peggior momento dell'anno, quei due staranno insieme di più, litigheranno di più, verranno i nonni e tutti litigheranno tra di loro. E come se non bastasse c'è anche la festa di Natale a scuola, quella dei regali inventata dalla prof di italiano, le ha dato pure un nome! *Natalizio*. Una boiata in cui ognuno deve fare un regalo o esibirsi per qualcun altro: tipo recitare una poesia o suonare. Lui potrebbe *esibirsi* nella gara di sputo, o nella lotta, e con un pugno buttare a terra il-merdoso, che basta un soffio e si piega tutto come la carta trasparente del prosciutto. Peccato che non glielo facciano fare.

I due, di là, continuano a urlare. Non c'è scampo neanche sotto il cuscino. Allunga la mano, afferra l'iPad e si mette a giocare con dei palloni che devono entrare in un cesto, almeno loro sono rotondi e nessuno gli dice niente.

A scuola.

— Ragazzi, estrazione a sorte: vediamo chi deve regalare qualcosa a chi, per il nostro *natalizio*. E ricordatevi, l'estrazione è segreta! Se-gre-ta. Nessuno dirà a chi è destinato il dono. Proprio come l'anno scorso, vi ricordate? Ci siamo divertiti tanto!

Le mani dalle unghie laccate, dalle dita appiccicate, affusolate, grassocce, forti pescano i bigliettini nel cestino.

Marco apre il suo. "Mannaggia" pensa. Nemmeno la comparsa del nome *Roberto* riesce a fargli concepire una parolaccia, in compenso il viso gli si fa a chiazze rosse.

C'è chi salta, chi ride scioccamente, chi ha una faccia delusa, Nicolò urla imbestialito: — Nooooo! — come se avesse perso la squadra del cuore.

Yusdra fa un piccolo sobbalzo, sul suo biglietto c'è scritto *Irene*.

Irene guarda sorniona i suoi ragazzi alle prese con quella prova di coraggio, perché ce ne vuole, ad avere un'idea e a metterla in pratica. Yusdra le lancia un'occhiata di gioia, le farà il dono più bello e, finalmente, sarà perdonata per quella sua linguaccia!

Un momento, quale dono?

9

Regalare un'idea

Niente bicicletta da qualche giorno. Sulla ciclabile c'è un insidioso strato di ghiaccio. Yusdra e Beatrice camminano assorte. Difficile non dire all'amica a chi si dovrà fare il regalo.

Forse nevica.

Troppo freddo.

Solito bacio di saluto, poi Yusdra affretta il passo verso casa. Ancora un buon chilometro, ma non è camminare che l'affatica. Le pareva di avere mille buone idee, ma adesso che sa di dover fare un regalo proprio a Irene, non gliene viene in mente nemmeno una. Forse sì, invece: la cavigliera d'argento! "Potrei darle la mia. Che stupida, è troppo piccola!"

Una poesia, allora, una poesia in arabo.

"No, uffa, è la nonna che sa scrivere poesie, non io..."

La assale una ventata di olio fritto, sta passando davanti al McDonald's.

La *zlabìa*! La ciambella fritta e colorata al miele croccante. Sì, i bastoni infilati nelle ciambelle rosse e gialle, buonissime, spaziali. È una vita che non ne mangia! "La *zlabìa* la *zlabìa*!" Yusdra affretta il passo. Yamìna la aiuterà, le spiegherà come si preparano.

Irrompe in cucina. Mentre parla a raffica, apre gli armadietti: farina, miele, zucchero. Mette tutto in tavola, scostando i porri che Yamìna sta pulendo per il minestrone e facendo traboccare i vasi. Farina e zucchero sporcano il piano, appiccicandosi dove è bagnato.

Yusdra vuole cominciare subito, è frenetica, eccitata.

— Per quando ti servono?

— Per il 20 dicembre.

— C'è tempo!

— Devo cominciare da oggi, ogni giorno, per esercitarmi, finché non vengono perfette. Allora, quale padella uso?

— Ora no.

— Perché no?

— Perché ho bisogno di fornelli. Vai a prendere patate.

Quella sera Yusdra si raggomitola sotto le coperte, in testa ha solo file colorate di miele croccante per Irene, ne sente l'odore e, almeno a se stessa, racconta la sua storia.

"Io, Yusdra, arrivo dal deserto. Mia nonna Leyla è una poetessa, è la persona più rispettata della tribù, una che comanda anche il capo carovana. Le donne vengono da ogni parte del deserto a chiederle consiglio. Ha la lingua più biforcuta della vipera e all'hammam fa ridere tutte, con le sue battute. Mi lascia spalmare il suo pane d'ambra e olio sulla pelle, poi sta lì immersa nel vapore così, dice, va via il secco del deserto. Mi fa vedere il tatuaggio che ha sulla coscia e mi dice che quei segni aprono la porta della Casa della Sapienza. Poi, con l'henné, mi disegna le mani a triangolini: *Tu sei la bambina nata sotto l'albero dei datteri, e la tua storia è scritta sulla pergamena. Da me imparerai il potere delle parole, parole come miele, parole come sassi, parole riposo.*"

Nell'oasi delle parole, finalmente, Yusdra si addormenta senza paura.

10

Fuoco

— Mamma, le facciamo?

— Stasera no.

Così per molte volte. A una settimana dal *natalizio*, Yusdra ancora non sa come si preparino le frittelle di miele e zucchero.

Poi un giorno, al ritorno da scuola, la porta di casa è chiusa. Suona il campanello. Nessuno risponde. Strano, di solito la mamma è in casa a cucinare.

Yusdra solleva un sottovaso, dove viene tenuta nascosta la chiave di scorta. Apre. Prima di sfilarsi lo zaino e togliersi la giacca a vento, va a vedere in camera dei suoi. Magari Yamìna dorme. Invece non c'è nessuno.

Lascia zaino e giacca in camera sua e va in cucina. Sul tavolo ci sono piatto, posate e tovagliolo. E un biglietto. *MANGIA. DOPPO TORNO*. Le doppie!

Yusdra accende il fornello sotto la pentola con la pasta. Strano non trovare Yamìna a casa. E poi proprio oggi che aveva deciso di preparare le frittelle.

Mentre aspetta che la pasta si scaldi, guarda il telefono.

Vorrebbe chiamare il padre sul cellulare, ma non può farlo. Proibizione di chiamare cellulari dal fisso, costa troppo.

La pasta spande un buon odore di sugo, Yusdra accende la televisione su una trasmissione di cucina. C'è una tipa di cui Beatrice le parla sempre, una *cariniiissima*, che fa delle cose *buonissiiime.*

La tipa della televisione sta preparando un piatto di pollo e verdure. Yusdra si annoia. Non le è mai piaciuto fare da mangiare. Sua madre, poi, la tiene lontana dai fornelli, dice che fa pasticci, sporca. Sta per cambiare canale, quando la parola "fritto" attira la sua attenzione. Bene, se non le insegna sua madre, le insegnerà la televisione. Comincerà dalla frittura. Ci butterà dentro un po' di farina impastata con zucchero e miele. Che sarà mai?

Prende una padella simile a quella usata in tv. Sta proprio attenta a fare gli stessi gesti. Deve esserci tanto olio. Versa tanto olio. Toglie la pentola con la pasta e, sul fornello ancora acceso, mette la padella piena di olio. La tipa della trasmissione dice che ci vuole un po', prima che frigga. Intanto prende la farina, la versa sul piano di lavoro, anche lo zucchero e anche il miele. Dovrà solo impastare il tutto. Fa niente se in tv stanno friggendo dei pescetti e lei invece deve fare dei dolcetti. Il principio della frittura è lo stesso, no? Ci prova, ma gli ingredienti non ne vogliono sapere di stare insieme. Impastare a mani nude il miele, poi, è una cosa complicata e appiccicosa. Ne escono solo grumi senza forma. Poi le viene in mente l'acqua. Certo! È l'acqua il collante di tutto.

Riempie un bicchiere e lo butta su quella specie d'intruglio. Intanto l'olio sfrigola, manda un odorino... Forse è pronto, forse è il momento di buttare dentro l'impasto, deve essere nell'olio che si formeranno, da sole, le ciambelle colorate, prendendo quella forma rotonda e traforata. Lascia grondare dalle mani, direttamente sull'olio bollente, acqua, farina, zucchero e miele.

La fiammata è fulminea. Sale dal fornello, entra nella pentola, brucia l'olio. Terrorizzata, Yusdra ha la presenza di spirito di chiudere la manopola del gas, ma intanto il fuoco sta divorando la tenda.

Contro il fuoco, l'acqua. Lo sanno tutti.

Apre il rubinetto e comincia a versare acqua sul fuoco, ma quello non ne vuole sapere. Yusdra è disperata, non sa che cosa fare, tutta la casa sarà ridotta in cenere ed è solo colpa sua. Non c'è verso di domare le fiamme e lei, come paralizzata, resta lì a guardarle, impotente. Il fumo è opprimente, prova ad aprire la finestra, ma la maniglia scotta. Il cuore è debole, la vista si annebbia. Piatto, bicchiere, posate e bottiglia cadono a terra con fragore, ma lei non lo sente più.

11

Un brusco risveglio

Tayeb, fazzoletto sul volto, scaraventa a terra Yusdra e la spinge verso Yamìna, poi con la tovaglia che ha sollevato dalla tavola, facendo cadere quello che ci stava sopra, comincia a battere contro il fuoco, a soffocarlo fino a spegnerlo.

Yamìna trascina Yusdra fuori dalla stanza, una ventata di aria gelida arriva dalla porta d'ingresso. In braccio alla madre, sul gradino di casa, Yusdra rinviene. Non capisce se morirà per il battito impazzito del cuore, o per le mani che cominciano a riempirsi di vesciche e a cambiare colore e, strano, non fanno male.

Non ora.

La madre si china e delicatamente le controlla i palmi.

Gli sguardi s'incontrano, quello di Yamìna è severo.

— La fortuna — sta dicendo il dottore del pronto soccorso — è che hai messo le mani nell'acqua fredda e questo ha impedito all'ustione di diffondersi ai tessuti circostanti. La sfortuna è che l'hai versata sull'olio bollente. Bisogna fare attenzione agli idrocarburi. Sai che cosa sono gli idrocarburi? — E mentre le spiega, la fascia con garze sterili.

Sembrerebbe tutto finito, i genitori hanno ricevuto le istruzioni per la medicazione a casa, ma qualcuno dice che devono aspettare ancora un po', che ci sono questioni burocratiche da sistemare, perché Yusdra è minorenne e devono parlare con l'assistente sociale.

"Assistente sociale? Oh no, quella del Tribunale dei Minori!"

Vengono fatti accomodare in una stanza.

Yusdra osserva il padre camminare nervosamente avanti e indietro, mentre Yamìna resta lì seduta, impassibile, con il velo stretto più del solito intorno al capo.

Eh sì, l'ha fatta grossa.

Le viene da piangere.

Tieni la schiena dritta, capretta, e chiedi scusa senza frignare, le imponeva nonna Leyla ogni volta che ne combinava una delle sue, e lei ne combinava. Le viene in mente quando con il cugino Ahmed avevano girato i cartelli, così che i turisti sbagliassero pista. Aveva giurato a se stessa: niente più guai. E invece ecco qua, ci ricascava. Due mesi prima il sindaco, ora il fuoco!

Altro che schiena e sguardo dritti. Vorrebbe sparire sotto la sedia e piangere. Il male delle bruciature non è niente rispetto al male che sente nel cuore.

Cerca lo sguardo del padre. Lo incontra. Con un filo di voce azzarda: — Scusa, bàba.

Per tutta risposta, Tayeb solleva appena l'indice destro, poi apre la mano, come a dire: stai zitta.

La porta si apre.

Entra una signora con i capelli grigi raccolti in uno chignon.

La signora le rivolge un sorriso. Yusdra deglutisce e con il braccio si asciuga le lacrime.

— Sono l'assistente sociale. — Poi a Yamìna: — È lei la madre?

Yamìna non fa nemmeno in tempo a fare cenno di sì, che Tayeb viene avanti e risponde: — Sì, genitori siamo noi.

— Com'è successo?

— Ho fatto tutto io — si precipita a rispondere Yusdra, che vede nel sorriso dell'assistente sociale un segno di perdono. Vale la pena confessare, a testa alta, ma confessare.

— Eri a casa da sola, *Yusda*?

— Yusdra. — Percepisce una maggior tensione negli sguardi che i suoi genitori si scambiano. In questo momento, più che avercela con lei per quello che ha fatto, hanno paura di quello che potrebbe fare. Che cosa deve dire, allora? O meglio, non dire? L'espressione della donna non è più dolce come quando è entrata. Apre una cartelletta azzurra, impugna una penna. Sembra una vigilessa in procinto di fare una multa. Deve tranquillizzarla. Bea saprebbe come fare, a lei basta sorridere. Ci prova.

— Si dice e si scrive Yusdra, con la "erre". — Indica il foglio sorridendo e intanto sbircia, per capire che genere di *multa* stia compilando.

Anche la donna sorride, mentre allontana la cartelletta dalla sua vista e implacabile torna alla carica: — Yusdra, tu eri in casa da sola?

Deve inventarsi qualcosa. Abbassa lo sguardo, come se si pentisse. E per la verità si sta pentendo. Esita. — Be', io... io credevo... — Poi a raffica: — Davvero! Non l'avrei mai fatto! Ma dovevo, dovevo assolutamente!!! Abbiamo la festa di Natale a scuola, la chiamiamo il *natalizio.* A me è toccato il bigliettino con su scritto *Irene*, Irene è la prof di italiano, lei è... è un mito! Ci scambiamo i regali, però non bisogna comprarli, devono essere fatti proprio da noi e io ho pensato, la *zlabìa*! Ecco che cosa le regalo. L'ha mai assaggiata? Un dolce *pazzeeeesco.* — "Sto parlando come Beatrice." — Magari glielo fai, mamma?

Guarda Yamìna che, stordita dal fiume di parole, fa un breve cenno di assenso. Bene, allora sta andando nella giusta direzione, nessuno finirà in Tribunale. — Così io ci tenevo a farlo proprio buono questo dolce, sa, ma bisogna friggerlo e io credevo, credevo... — ripetere le parole come l'insegnante di matematica fa sembrare tutto più vero — ... di essere sola e così ho messo l'olio nella padella. Ne ho sprecato un sacco. — Sguardo tenero alla madre. — Non mi sgridi vero, mamma? — Yamìna annichilita fa segno di no. — Ho sprecato un sacco di olio, oltre che ti ho mandato a fuoco le tende della cucina. Ti ricompro tutto con la mancia, mammina! — "Mammina???!! Non posso averlo detto proprio io!" — E poi, ecco, avevo le mani bagnate, l'olio friggeva e io, oh, lei non ha idea di che schifezza ho fatto, insomma ho buttato tutto là dentro, così, guardi... — scuote le mani. — Ahi!

— Tieni ferme le mani.

— Era per farle capire. E pensi, non ci ho messo quella cosa... come si chiama? Che fa gonfiare la pasta...

— Il lievito? — chiede l'assistente sociale, spiazzata.

— Brava! Si può fare una pasta senza lievito? E giù farina, miele e acqua nell'olio e si sa, no, l'acqua con il fuoco, uno dice, l'acqua spegne il fuoco, invece no. Me l'ha spiegato il dottore. Dice che l'acqua aggiunta a... com'è quella parola? Idro mi pare, idro...

— Idrocarburi.

— Quelli, acqua più olio o cera produce una... sì, uno scoppio e anche delle minigocce nell'aria, e siccome il fuoco sale, s'incendia di più. Pensi che un incendio su cinque è colpa della frittura. Uno su cinque. Si chiamano incidenti domestici, mi ha spiegato. Ha capito no? Insomma, io credevo di essere da sola, ma...

— Ma? — Di nuovo il viso sospettoso.

— Ma non c'è verso... — Ecco la perla di tutta la sua recita! — Non mi lasciano *maaai* da sola, lo dica anche lei ai miei genitori, sono grande ormai, quasi dodici anni! Insomma, la mamma... — Poi si gira con occhi imploranti: — Posso dirlo, vero mamma?

Yamìna spaventata fa un breve cenno verso il marito: che cosa sta per dire quella loro inarrestabile figlia dalla lingua biforcuta?

Tayeb si fa avanti con passo autorevole: — Basta Yusdra, così stanchi signora.

— Niente affatto, la lasci andare avanti — replica severa la donna. — Allora la mamma...

— La mamma stava riposando. — Una pausa. L'assistente sociale pende dalle sue labbra. — Ma non lo fa mai, mi creda. È una donna... instancabile. — "Non esagerare, cretina." — Il fatto è che io credevo di essere in casa da sola, invece lei era in camera e io ho pensato che fosse fuori per, boh, una commissione, e mi sono detta: è il momento giusto per fare la *zlabìa*. E invece lei, lei era di là che dormiva, è incredibile sa, quando dorme non fa nessun rumore, la mamma. Nessuno. Mentre bàba, cioè il papà — sorriso a Tayeb che non riesce a nascondere lo sguardo a-casa-facciamo-i-conti — be', lui russa, russa un sacco!

Disarmata, l'assistente sociale chiude la sua cartellina. — Lo sai bene, l'italiano. Deve essere brava la tua insegnante, Yusdra.

— Proprio per questo ci tenevo a farle la *zlabìa*. — Finalmente la pura verità.

— Yusdra, questa volta è andata bene, ma potevi farti molto male, lo sai? E dodici anni non è un'età giusta per restare in casa da sola, soprattutto quando si è così intraprendenti come te. D'accordo?

Yusdra fa cenno di sì con il capo. È fatta. Si torna a casa. Qualsiasi sgridata è meglio del Tribunale che magari ti manda in un riformatorio...

L'assistente sociale prende la cartellina e si alza, poi si volge ai genitori. — Non la lasciate mai più da sola. Avete rischiato l'abbandono di minore e penso che voi lo sappiate che questo, in Italia, è un reato grave.

— Certo, signora. Staremo più attenti — farfuglia Tayeb.

— Se avete bisogno di un consiglio, di un aiuto per la ragazza...

— È gentile, ma mia moglie è a casa tutto il giorno, mi creda, non ce n'è bisogno.

— Ad ogni modo, questo è il mio recapito. Facciamo anche dei corsi d'italiano, se possono servirle. — Si rivolge con un abbozzo di sorriso a Yamìna, mentre Tayeb ritira il biglietto da visita con uno sguardo carico di riconoscenza.

— Vi farò avere una copia della perizia. — E porge la mano all'uomo.

Yusdra la guarda uscire, quasi incredula. "Non l'ha bevuta. Non mi ha creduto. Ma allora perché ci ha lasciati andare?"

12

La famiglia

Se l'assistente sociale non le ha creduto, allora perché li ha lasciati andare?

Probabilmente è su questo che riflettono anche i genitori, mentre tornano a casa sul camioncino di Tayeb, Yusdra e Yamìna sedute accanto a lui.

Ed è lì che Yusdra lo vede. Per terra, quasi sotto il sedile, un foglio mezzo accartocciato, di quelli con cui i contadini che portano al padre la verdura chilometro zero avvolgono l'insalata. Ha qualcosa di strano quel foglio, con un piede lo spiega un po' e da un angolo ecco spuntare la figura di un campanile. È il foglio parrocchiale! Potrebbe essere proprio *quello* in cui si parla della studentessa che "risponde per le rime al sindaco". Potrebbe!

Così, il padre *potrebbe* sapere tutto! Con i piedi lo caccia ancora di più sotto il sedile. Quando arriveranno, troverà modo di buttarlo via.

"Un momento, calma, sono passati più di due mesi..." Sarebbe stato furioso con lei, se l'avesse saputo. Non fa che ripetere che ci hanno messo tanto a integrarsi, che bisogna essere rispettosi (anzi le viene in mente che forse è proprio per quella paura di suo padre verso tutto e tutti che lei ha risposto male al sindaco).

Guarda di sottecchi Tayeb che, mascella più serrata del solito, guida a passo d'uomo in una nebbia spaventosa.

Quanto a Yamìna, le rivolge addirittura un mezzo sorriso. — Fa male?

— Non tanto — risponde Yusdra. Ha solo voglia di dormire e dimenticare per un po' tutta quella storia, ma il suo cervello continua a farsi domande.

L'assistente sociale lo sa che lei, oltre ad aver dato fuoco alla casa, ha anche risposto male al sindaco?

E suo padre, lo sa? E se lo sa, perché non l'ha sgridata?

Che cosa ha convinto l'assistente sociale a lasciar andare via la sua famiglia?

"La mia famiglia!" È la prima volta che Yusdra pensa a Tayeb, Yamìna e se stessa come "la mia famiglia" e non "la mia tribù". E capisce. L'assistente sociale si è lasciata convincere da questo. Dall'idea della famiglia. E la sua famiglia è qui, accanto a lei. Stretta nel camioncino che sembra immerso in un'enorme scodella di latte. Appoggia la testa alla spalla di Yamìna e si lascia addormentare cullata dalla guida sicura di bàba Tayeb.

Per qualche giorno, Yusdra resta a casa da scuola. Tayeb imbianca la cucina. Lei si comporta in modo esemplare.

— Vieni a mangiare!

— Subito, mamma.

— Ti faccio male, con medicazione?
— Non fa niente, mamma.
— Spegni luce, è tardi.
— Certo, mamma.
— Buona notte, Yusdra.
— Buona notte, mamma.
— Buona notte, capretta.
— Buona notte, bàba.

Tayeb non ha mai fatto cenno all'episodio del sindaco, evidentemente quel pezzo di carta non è mai stato letto. Yusdra tace e gli sorride a più non posso.

La vita scorre con un tempo illimitato, senza campanella a separare le materie. A casa l'unica cosa che scandisce la giornata è lo stomaco: l'ora della prima colazione, del pranzo, della merenda, della cena. Yamìna si muove lentamente tra la cucina e le due camere. Fa qualcosa. Si ferma. Si siede come imbambolata. Poi torna a fare qualcosa. Mangia tanto, difatti il vestito a fiorellini azzurri (ha vestiti informi, larghi e lunghi che si fa da sé) le tira un po' sui fianchi.

— Perché non ti compri dei jeans, al mercato?

— Donna vestita da uomo non piacerebbe a tuo padre. Anzi… — Tira fuori dall'armadio una cosa assurda, una specie di vestito da bambola, rosa con i pizzi, che gli zii avevano comprato a Malika per una festa.

"Nooo! Mica vorrà mettermelo!"

Invece lo fa. — Questo per te, Yusdra — dice con entusiasmo.

Se lo sente scivolare addosso, come un serpente. Fortuna che non ci deve uscire di casa, con quella pacchianata. Yamìna la fa sedere. Le spazzola i capelli come a una bambola e glieli raccoglie in trecce. L'opera è finalmente completa. Orgogliosa, Yamìna la porta davanti allo specchio. — Come sei bella!

"Faccio schifo!" — Mi rimetto la tuta, però. Sai, per non sciuparlo...

— No, quella stoffa non sciupa.

"Ci credo, è pura plastica." — Ma ci sudo dentro come al bagno turco.

— Tienilo finché non viene tuo padre. Facciamo vedere lui. È ora di diventare un po' femmina, no?

Il padre torna a pranzo, per sua fortuna non apprezza troppo quella mascherata, Yusdra può rimettersi la tuta e sciogliersi i capelli. Azzarda: — Mamma, quando facciamo le frittelle per Irene? Ormai manca pochissimo.

— Ah, le *zlabìa*! — si limita a rispondere Yamìna.

Poi una sera, sta già dormendo, le sembra di essere di nuovo circondata dalle fiamme. Si sveglia spaventata. L'odore della frittura. Si precipita in cucina. Nessun incendio, semplicemente la mamma sta togliendo dalla padella le ciambelle rosse. Sul tavolo gli ingredienti. Farina, zucchero, miele, lievito e cardamomo. Ecco che cosa gli dà quel colore: il cardamomo! Che bello, adesso Yamìna le spiegherà come si fanno le ciambelle croccanti, ma lei le fa segno di fermarsi dov'è. Sono le ultime, dice, può assaggiarne una, ma deve aspettare, perché scottano ancora.

— Come le ultime? Le hai già fatte *tutte*?

Yamìna sorride: — Quaranta. Sufficiente?

Yusdra è offesa: — Ma scusa, devo imparare a farle io. Facciamone ancora qualcuna insieme, così mi fai vedere.

— No, tutto già fatto — risponde Yamìna, sorpresa dalla sua reazione.

— Perché?

— Perché tu non puoi. — E indica le mani ancora fasciate.

Yusdra è delusa. Non le ha fatto vedere come si fa. Non le ha insegnato. Che madre è una madre che non è capace di insegnarti?

— Si dice "grazie mamma".

E che pretende pure di essere ringraziata.

— Domani torno a scuola.

— Come vuoi — risponde Yamìna con un'aria rassegnata.

13

Natalizio

L'atmosfera in 2F non è carica di attesa come al *natalizio* precedente.

Al centro dell'aula, i banchi disposti a semicerchio, Irene osserva i suoi ragazzi rumorosi e un po' goffi.

— So che tutti, ormai, sanno tutto.

— Prof, noi non volevamo!

— Davvero, prof! È stata lei a cominciare!

— Ma che cavolo dici? Hai cominciato tu!

— Non è vero.

— Shhh! Non è grave, è normale. Si ha bisogno di confidarsi alla vostra età.

— Non è arrabbiata?

— Anche alla mia, se ne ha bisogno. Solo che a volte, noi grandi, siamo costretti a tenerli, i segreti. Non è vero?

— Perché guarda me? — domanda Yusdra d'impulso, e già vorrebbe tagliarsi la lingua.

— Veramente eri tu a guardare me, Yusdra.

"Beccata!" — Ehm... è che... so che ha visto mio padre ieri al mercato.

— E allora?

— Niente.

— Digli che i cachi sono buonissimi. — Le fa l'occhiolino.

Yusdra respira di sollievo, non si sono parlati della storia del sindaco evidentemente, e forse nemmeno del perché abbia dato fuoco alla casa...

— Andiamo avanti, ragazzi? Allora, chi vuole cominciare?

Qualcuno indica il compagno o la compagna vicina, ma tutti arrossiscono e rifiutano di farsi avanti.

— Va be', comincio io — annuncia Irene.

Urla di gioia.

— Ragazzi, ragazzi... — Irene mette l'indice destro sotto il palmo aperto dell'altra mano a chiedere silenzio. — Poi, però, procediamo per estrazione, va bene?

— Perfetto, prof, allora chi le è toccato?

— A me è toccato Igor.

Igor fa una smorfia d'incredulità. — Io?

— Certo, proprio tu. Vieni a prendere il tuo regalo.

Igor si alza e, dondolando la testa per l'imbarazzo, si avvicina all'insegnante, che gli porge un pacchetto di carta velina bianca, con un nastro rosso e uno nero. A Igor s'illuminano gli occhi. Cerca di aprire il pacchetto con garbo, ma la carta si lacera, ha le mani nervose.

— Strappa, strappa! — lo sollecita Irene.

Dalla carta ridotta in brandelli esce una sciarpa di lana rossa, nera...

— Il Milan! Il Milan! — urla Giovanni.

Irene li invita a guardare meglio.

— La Juveeee! — esulta qualcun altro.

— Ma no! Spiegaglielo, Igor.

— Sono i colori della nazionale del mio Paese, l'Albania, rosso e nero in casa e bianco e nero in trasferta.

— Ti piace?

Igor annuisce imbarazzato.

— Meno male, perché ho fatto una fatica! Sai, io sono più brava con un vocabolario che con i ferri. Guarda: è pieno di punti sbagliati. Va bene lo stesso?

Igor torna al banco con la sua camminata un po' svirgolata. Prima di rimettersi a sedere, solleva la sciarpa come un trofeo. — Alé, oh, oh!

Il coro della classe non si fa pregare. — Alé, oh, oh! — E scoppia il primo applauso. Il ghiaccio è rotto.

Segue Oreste, detto "O-o-ti-sbrighi?" quando gli si vuole mettere fretta (è timidissimo e resta sempre indietro), che a Ludovica, detta "Lu" (quella con la "esce" al posto della esse) dedica un pezzo di chitarra classica. Gli occhi di tutti sono puntati sulle sue dita pazze. Sembrano venti invece di dieci, tanto si muovono in fretta. Alla fine, in un silenzio carico di ammirazione, Oreste dice che si tratta di un esercizio del maestro Segovia. La battutaccia volgare di Nicolò parte al volo, ma trova la secca replica di Roberto: — Taci, cretino.

Scoppia il secondo applauso, che fa arrossire "O-o-ti-sbrighi?" fino alla punta dei capelli. "Lu" non è da meno, in quanto a timidezza. Non ci può credere che Oreste abbia suonato proprio per lei. Lei che si sente uno schifo, che allo specchio con gli occhiali si vede brutta e, senza, non si vede affatto.

— Guardala bene — commenta Bea in un orecchio a Yusdra. — Mettile un paio di lenti a contatto, toglile l'apparecchio e diventa uno schianto!

— Be', proprio uno schianto... — Yusdra è scettica.

— Sono le facce migliori da disegnare, guarda la mascella... — E con la mano Beatrice disegna un tratto deciso nell'aria. — È perfetta!

— Diglielo!

— Non serve a un tubo. Glielo deve dire un ragazzo, perché ci creda.

— Che rottura!

A Yusdra tocca l'esibizione "artistica" di Deh, la compagna vestita a salsicciotto. Dotata di un'invidiabile fiducia in se stessa, come molte ragazze che, pur non essendolo, si sentono meravigliose, anche Deh spera un giorno di "andare" in tv e si diletta di danza. Difatti, partita la musica, azzarda passaggi sulle mezze punte, che la trovano in precario equilibrio. Farebbe sbellicare, ma tutti oggi sono disposti a essere buoni e così, alla fine, scoppia l'applauso. La più entusiasta è Yusdra, che la abbraccia e la ringrazia. Deh accenna un inchino che è la ciliegina su una torta crollata di lato. "Almeno lei è arrivata fino in fondo, io non sono stata nemmeno capace di cucinare *una sola* ciambella!" pensa Yusdra, e si prepara al suo turno. Estrae da un grosso sacchetto di carta un ramo di abete, di quelli che Tayeb vende al mercato per le decorazioni natalizie ("non ho fatto nemmeno lo sforzo di andare a cercarlo nel bosco") su cui sono infilate le quaranta ciambelle rosse. È un regalo graditissimo, perché si presenta come una ghirlanda di Natale.

Bea informa la classe: — È per fare quelle ciambelle che Yu si è bruciata *tuuutte* le mani!

Yusdra abbozza un sorriso. — La verità è che non ci sono proprio riuscita, ho mandato a fuoco la casa e, alla fine, le ciambelle le ha fatte mia madre.

— Basta il pensiero, Yusdra! — la consola Irene. — Pensa a quanti punti ho sbagliato io, nella sciarpa di Igor! — Poi ammicca. — Le assaggio e se sono eccellenti, ma proprio solo se sono eccellenti, ne do anche a voi.

Ne assaggia un pezzo, fingendo un'espressione disgustata. — Non posso offrirvele, ragazzi, sono veramente, *veramente* orribili!

Nessuno ci casca.

— E va bene, sono squisite. Di più: paradisiache. Chi ne vuole? Al mio tre, venite a prenderne, un pezzo per ciascuno e... potete fare rumore! Uno, due, tre!

I ragazzi scavalcano banchi e sedie, corrono, inciampano, fanno una confusione infernale, strappano, sfilano, si avventano, sgranocchiano e ne vogliono ancora. Da sopra le loro teste, Irene li guarda con tenerezza.

Roberto, l'unico della classe a essere quasi più alto di lei (lo sarebbe Marco, ma non sta mai dritto), ha modo di vederla bene in faccia, quella professoressa di cui non ha ancora ben capito le intenzioni. È diversissima dalla prof d'italiano che lo ha bocciato l'anno scorso. Mentre gli altri sono impegnati a raccogliere quella prelibatezza, lui si accorge che Irene ha gli occhi umidi di pianto. Da quando sua madre vive chiusa al buio, non riesce più a guardare una donna in lacrime senza sentire un'irresistibile voglia di ingozzarsi. Abbassa lo sguardo, spinge via chi gli sta sotto, afferra le ultime due ciambelle, rumorosamente ne fa scrocchiare una sotto i denti. Se Yusdra la malinconia la manda via a calci, Roberto la mastica a quattro ganasce.

Poi è il turno di Bea, applauditissima per l'acquerello dedicato a Camilla, detta "Ca": una ragazza è sola in mezzo a un prato di un verde tenero; sul fondo, però, c'è una macchia nera. Una gabbietta di uccellino.

— È bellissimo. Sei tu? — chiede Yusdra dopo gli applausi.

— ... quella nella gabbia — risponde Bea, e il sorriso è stranamente stretto, senza fossette.

Siamo ormai alla fine, tocca a Marco.

Roberto è piazzato di fronte a lui, gambe larghe, in bocca la sua quinta ciambella.

Marco butta fuori un respiro, ha le guance tutte a chiazze. — Io non sono bravo come Oreste, ma ci provo.

Solo… per favore, Roberto, smetti di fare rumore con la bocca? Mi mandi fuori ritmo.

Roberto guarda i suoi tirapiedi con aria complice, come a dire "quant'è imbranato, questo!", poi come uno struzzo ingoia il resto della ciambella.

— Grazie.

Marco comincia a schioccare le dita e a battere il ritmo con il piede. Parte con il rap.

Due pesi e due misure sono in ballo.
Io sono così secco, che se mi piegano, mi spezzo.
Ho le ossa così fini, che sono di cristallo.
Tu sei talmente grosso che tapperesti un pozzo.
(L'altro allunga il muso in avanti, minaccioso.)
Cos'ho detto?! Come ho osato! Che terrore!
Ahhh, non mi dare un pugno, per favore!
(Tutti ridono.)
Così facciamo pari-patta.
Che ne dici? È Natale. È fatta?

Non senza timore, Marco tende la mano a Roberto che arricciando il naso stringe quelle dita di cristallo.

Rivolto al pubblico, Marco ostenta un sorriso forzato. — Qualcuno raccoglie i miei polpastrelli da terra, per favore?

Risate e applausi, e tutti a casa per il Natale, quello vero.

14

Le vacanze dei perché

Perché la sgridano quando si dimentica accesa una lampadina, perché non ha un computer ed è costretta a usare quello degli amici o della scuola, perché a casa non è permesso fare telefonate a cellulari dal numero fisso, dal momento che, pur non essendo ricchi, non sono certamente poveri?

Altrimenti suo padre, la vigilia di Natale, non avrebbe avuto in mano tutti quei soldi con cui ha dato il resto a una signora che aveva speso *oltre* cento euro. Yusdra l'ha visto con i suoi occhi, al mercato. Ce l'aveva mandata la madre, a prendere un rametto di alloro.

Amedeo, il garzone egiziano di Tayeb, le era passato vicino, l'aveva guardata come se non la vedesse da una vita e, a bruciapelo: — Ehi Yusdra, come va la scottatura? — Si era sentita strana. Più alta, o forse un po' più grassa, cioè non proprio grassa, più piena, diversa.

Suo padre aveva lanciato un sorriso al garzone (doveva farlo, perché *davanti* alle clienti, Tayeb sorride sempre) ma la voce era severa. — Amedeo, la cassetta di lattuga... ti muovi? — Come a dirgli: lascia stare mia figlia. Poi, afferrato il rametto di alloro, l'aveva fatta girare di spalle, glielo aveva infilato nello zaino e, dandole un'affettuosa, ma decisa spinta: — Torna a casa, Yusdra.

Perché i padri sono gelosi?

Le vacanze di Natale stanno passando così: conti, auguri ai vicini, niente regali e tanti giorni vuoti con Yamìna e Tayeb. I commenti di Yamìna si concentrano sulla gente del Nord, che spreca soldi, che fa tanta spesa e che poi butta via tutto. I bidoni della spazzatura, nell'angolo del cortile, traboccano. — Meglio per me — risponde Tayeb.

Un po' prima del solito, la sera dopo cena, i due si chiudono in camera e parlottano tra di loro, mentre Yusdra, luce a forma di fungo, cerca di far durare il libro fino a quando non riaprirà la biblioteca.

Perché le biblioteche riaprono solo dopo l'Epifania?

Sua madre ha anche tentato di darle un bacio, ma Yusdra è stata sbrigativa. Non le ha ancora perdonato di aver fatto le ciambelle senza di lei. Ripensa al giorno dell'incendio. Ancora non lo sa, dove fosse Yamìna. Non glielo hanno mica detto, alla fine.

Un giorno lei le chiede: — Sei arrabbiata con me, Yusdra?

— Perché dovrei? — risponde orgogliosa.

— Appunto.

È furba quella donna, ma Yusdra ancora di più. — Dov'eri mamma, quando mi sono ustionata?

E Yamìna, con una fierezza che la insospettisce: — Con tuo padre.

— Come no! Al mercato, magari…

— Perché, non posso andare al mercato con mio marito, adesso? — risponde seccata, aprendo il rubinetto.

Solo che Yusdra non rinuncia ad averla vinta. — Allora lo sai — butta là. Figuriamoci se suo padre si porta Yamìna al mercato, non venderebbe neanche la metà, con la moglie di fianco, *sì cara, no cara, subito cara.* È così che si rivolge alle clienti, lui.

— So che cosa?

Ha abboccato. La gelosia!

— So che cosa? — ripete allarmata Yamìna.

— Niente. — Adesso, con un'alzata di spalle, è Yusdra a chiudere la questione. Salvo ritrovarsi in camera sua, con un nuovo perché. "Perché quei due si chiudono sempre in camera a parlottare?" Ci sono cose che non le dicono. Sente che ci saranno sorprese. Non le piacciono le sorprese.

Va al telefono, vuole sfogarsi con Beatrice.

Perché il telefono di Beatrice è sempre occupato?

Perché la madre-sforna-figli è sempre al telefono, quando allatta uno dei due mostri? Perché, mentre organizza quel delirio che è la festa di capodanno all'oratorio, chiede conto a Beatrice della scatola dei pelati? — Beatrice! Beatriiiceee!

Beatrice, che odia il disordine, è costretta a scavalcare

il box con dentro l'altro mostro, una scarpa da ginnastica infangata, una vecchia poltrona di pallini di polistirolo in procinto di esplodere, la cuccia di Nanà, per arrivare, finalmente, davanti a una nicchia dove campeggiano i trionfi di famiglia: le fotografie con i nonni e i bisnonni. E, dietro le fotografie, ecco la scatola dei pelati.

Impallidisce. Perché la scatola è lì? E perché lei ci è andata così a colpo sicuro? Come faceva a sapere che *era proprio lì*?

Ha bisogno di sfogare l'ansia. Deve parlarne con qualcuno. Tiene d'occhio il telefono, pronta a piombarci sopra non appena sua madre avrà finito.

Odia non andare a scuola, non potersi confidare con Yusdra, perfino il pettegolare insulso di Deh e del suo gruppetto le manca, odia non poter ridere delle battute di Marco.

Marco…

Le piacerebbe fargli gli auguri.

— Bisogna avvertirla.

— No, si deve aspettare a dirglielo. Non è pronta.

Le parole bucano il silenzio ovattato dalla nevicata. È da tre inverni che Yusdra vede nevicare, ma quel particolare silenzio la sorprende ancora. Le parole risuonano nella sua testa come la campanella di scuola, come se la riguardassero. Ripone *Huckleberry Finn* sul comodino, scende dal letto e, stando attenta a non fare rumore, va in corridoio per sentire meglio. I suoi, in camera, stanno parlottando. Hanno inflessioni che a volte non capisce, che non corrispondono a quelle della sua tribù, però... è sempre più sicura di un fatto: stanno parlando di lei. Poi abbassano la voce, finché non sente di nuovo qualcosa d'intelleggibile: *punirla*... o *mandarla via*. Ed è quasi certa di aver sentito anche la parola *collegio*. Avvertirla di cosa? Aspettare a dirle cosa? Punirla perché? Mandarla in collegio?! Forse il padre ha scoperto la faccenda del sindaco? Ma è successo tanto tempo fa, all'inizio della scuola. Non ne ha mai parlato. Era quasi sicura di averla fatta franca e invece... Lo sapeva che c'erano sorprese per aria. Ha bisogno di parlare con qualcuno.

Subito.

Riprova con Beatrice. Occupato. Odia quel suono.

Anche Roberto odia un suono in particolare: quello dell'ambulanza. Soprattutto se si ferma davanti a casa sua, mentre la madre dà fuori di matto.

Telefono libero: che colpo di vita! Beatrice lo agguanta, compone il numero di Marco e incrocia le dita. Magari Marco viene a rispondere. Macché, la e*rr*e è della nonna.

— Cara, il nostro Marco è in montagna a sciare con la mamma. Gli porgerò i tuoi auguri.

— Grazie.

Perché Marco si ritrova la sera di capodanno da solo su una pista da sci a Saint Moritz?

Poco prima, in cima alla pista nera, sua madre l'ha mollato per tornare in funivia con degli amici. Marco è stanco, ha sciato tutto il giorno, ma lei ha insistito: — E dai, facci vedere come sei bravo, noi ti guardiamo dall'alto!

Ci mancava doversi esibire!

Sarà la temperatura bassa, mani e piedi gelati, la pista ghiacciata, saranno i nuovi attacchi non ben calibrati, il fatto è che quest'anno Marco non si sente sicuro sugli sci. Saggiamente, decide di non andare "a manetta". I rari sciatori che ancora si attardano sulla pista lo sorpassano. Sfrecciano tutti a prepararsi per il capodanno.

Lui procede a curve larghe.

Squilla il cellulare, perde la concentrazione, sbaglia una curva in un punto particolarmente ghiacciato, cade. Non gli si staccano gli sci. Riesce a bloccare la caduta con la racchetta. Da fermi, la pendenza è da paura.

Bello spettacolo sta dando di sé. Tra un po' squillerà di nuovo il cellulare e, come minimo, sua madre gli dirà che sta mandando l'elicottero per salvarlo.

Invece non squilla per niente. Marco avverte un gran male al ginocchio sinistro. Difficile alzarsi da quella posizione senza precipitare. Ancorandosi alle racchette, si guarda intorno: nessuno. Si accorge con orrore che il rumore della funivia si sta affievolendo, difatti si ferma. Le cabine dondolano appena sulla sua testa.

Forse dovrebbe chiamare il 112. Un momento! Siamo a Saint Moritz, chi lo sa il numero di emergenza svizzero?! Può chiamare sua madre. Ci prova, standο bene attento a non fare mosse false. Il telefono squilla invano… Sarà in doccia. Nooo! Aveva detto che avrebbe fatto una sauna.

È fritto.

La pista è drammaticamente vuota.

Sta per assalirlo una crisi di panico. Poi sente nelle orecchie la voce di suo padre.

Proprio sicuro di non farcela? Su, dai, coraggio, provaci, Marcolino!

La pendenza fa paura, ma lui *vuole* farcela.

Si appoggia con una mano a monte, con l'altra si tiene ancorato alla racchetta, suda e intanto gela, una sensazione veramente sgradevole, ma ce la fa a rimettersi in piedi. Quasi, perché appena appoggia la gamba sinistra, il ginocchio cede del tutto, fa una specie di *clack* e lui cade di nuovo. Questa volta una caduta inarrestabile: precipita a valle, gli sci ormai partiti per conto loro.

La pista gli scorre di fianco, come il film della sua vita di un anno fa. Rivede il capodanno precedente, ancora con papà. Da soli, loro tre, a sciare con le torce accese, e poi da soli loro due, gli uomini di casa, a pisciare sulle torce. Chi la spegne per primo.

Prima o poi questa caduta dovrà terminare. Tutto ha una fine.

Ecco la sua: il palo della funivia.

15

Inquietudini

— Invece, poco prima del palo, ma un niente, mi ha fermato uno della forestale! Insomma, un capodanno da urlo! — Marco sorride spostando il peso da una stampella all'altra, come una gru.

— È stata tutta colpa mia! Se io non avessi telefonato a tua nonna per farti gli auguri, lei non ti avrebbe chiamato proprio mentre facevi la curva e tu non saresti caduto! Scusami! — Beatrice è mortificata.

— Ma figurati, mia nonna mi avrebbe chiamato lo stesso, e poi io mi sono divertito un sacco a scendere con il toboga!

Yusdra sta in disparte, non ha la minima idea di che cosa sia un *toboga,* non ci è mai stata a Saint Moritz o dove diavolo sia. Non fa che ripensare a quelle parole: *punirla… mandarla via… collegio.*

Vorrebbe parlarne con Beatrice, ma lei non ha occhi che per Marco.

Suona la campanella e l'unica cosa che rende sopportabile ai ragazzi rientrare in classe, dopo le vacanze, è che alle prime due ore ci sarà Irene.

Al posto di Irene, invece, trovano la vicepreside, che poi è l'insegnante d'italiano che l'anno prima ha bocciato Roberto e i suoi tirapiedi.

Si fa subito silenzio quando lei annuncia lapidaria: — Mi dispiace, ragazzi, ma la vostra insegnante non potrà terminare l'anno con voi.

Sta per uscire, quando Marco le domanda a bruciapelo: — Perché non ce l'ha detto lei stessa?

Silenzio e lieve imbarazzo della vicepreside, che sembra decidersi a rispondere con un tono meno burocratico. — Voleva farlo. Solo che... mhm, ecco... è malata, si è dovuta ricoverare con, con... urgenza.

La parola "urgenza" evoca in tutti un cattivo ricordo: l'odore dell'ospedale, un malato in famiglia. Una telefonata che annuncia una disgrazia. Il suono sinistro dell'ambulanza.

Un tonfo. I ragazzi si voltano. Roberto, muso in avanti nella smorfia di rabbia, si massaggia le nocche della mano con cui ha colpito il piano del banco. — Scusi — mormora poco convinto in direzione della vicepreside.

Deh, quella con l'acca, sussurra alla vicina: — Gli dispiace, poveriiiino.

E quella alla compagna di fianco: — A Deh piace Ro.

Tutti avvertono un senso di vuoto e l'imbarazzo di non saper bene come reagire.

Prima di uscire, la vicepreside ordina di rimettere i banchi come devono stare, a schiera davanti alla cattedra. — Nell'assetto di ogni aula di questa scuola.

Con un rumore infernale – ecco un buon mezzo per scaricare l'imbarazzo – i ragazzi sistemano in modo del tutto improbabile la classe «nell'assetto di ogni aula di questa scuola».

Nell'intervallo si sfogano: senza la loro prof, niente sarà più come prima. Nessuno sarà mai come lei. Escono in cortile, anche se fa un freddo cane. Si raggruppano in capannelli. Nessuno in disparte, tutti a farsi domande.

— Adesso chi la sostituisce che voti ci darà?

— Ci hanno già fatto spostare i banchi.

— Chissà quanti compiti!

Qualcuno propone di andarla a trovare all'ospedale. Altri tacciono, rattristati. Le ragazze poi continuano a commentare la nuova combinazione Deh-Ro.

Quell'orecchio lungo di Beatrice ha sentito dire da una bidella: — Ora ci provano con la chemioterapia. — E anche: — Perderà tutti i capelli.

"Irene senza ricci?" Un'immagine impressionante, che fa stare male Yusdra.

Un'immagine che unita alle parole sentite dai genitori, *mandare via... punirla... collegio*, le torce lo stomaco. Si convince, sempre di più, che qualcosa di grave cambierà, di nuovo, la sua vita. L'assenza di Irene, poi, la rende ancora più fragile. "L'unica persona per cui contavo veramente qualcosa è in ospedale!"

C'è qualcosa di sbagliato, di non generoso, perfino di egoistico dietro questo pensiero. Yusdra lo avverte, ma nello stato in cui è, non riesce a pensare ad altro che alle conseguenze che la riguardano. Ha provato a chiedersi, oltre alla questione del sindaco e alla brutta storia dell'incendio, che cosa di sbagliato possa aver fatto per i suoi, ma non le pare di essersi comportata *così* male. I risultati scolastici, poi, sono più che soddisfacenti. Non trova risposta, né tanto meno ha il coraggio di affrontare i genitori. "Sono una vigliacca" pensa. E questo la fa sentire ancora più a disagio.

Al termine della scuola si avvia verso casa, frettolosa e schiva. Non ha voglia di chiacchiere. Beatrice la rincorre.

— Yu, che fai, non mi aspetti? — la implora.

Yusdra vorrebbe scrollarsela di dosso, ma di nuovo non ha il coraggio di dirle lasciami in pace.

— Ma no, figurati. È che ho fretta — si giustifica. — Abbiamo solo un'ora d'intervallo, prima di scienze!

Beatrice le trotterella di fianco. — Camminiamo più veloci, allora.

Fa' attenzione, capretta, a chi ti sta troppo appiccicato, in lui o in lei può nascondersi un traditore…

Può nascondersi un traditore dietro il sorriso di Beatrice? Difficile crederlo.

16

Nata per la seconda volta

Durante la lezione del pomeriggio, il professore di scienze, il tipo più soporifero di tutte le scuole del mondo, distribuisce agli alunni gli avvisi della gita di primavera. Vanno fatti firmare dai genitori. Si tratta di una visita all'Acquario e al porto di Genova. Dopo la brutta notizia del mattino, la novità è accolta con sollievo. L'eccitazione cresce e i commenti si accavallano.

— Nooo, beeello!

— Che rottura, io l'ho già visto.

— Quanto costa, prof?

— Ma stiamo fuori anche a dormire?

— Quante notti?

— Come, solo una?!

— Ma no, prof, stavo solo scrivendo un sms a mia mamma, per dirle della gita… no, non me lo porti via! E va be', ma non è giusto. Me lo fa mettere in carica, almeno?

Beatrice si attacca alla manica di Yusdra. — Ti rendi conto? Una notte senza i mostri, è fantastico, ci facciamo mettere nella stessa stanza!

Yusdra annuisce, distratta.

— Ma ti ci mandano, vero?

— Ci puoi scommettere! — Non se la perderebbe per nulla al mondo, quella gita. Ha un conto in sospeso con il mare, lei. *Quel* mare.

— Ragazzi, adesso silenzio. Prendete appunti.

Yusdra tira fuori la penna di Malika e un foglio, ma la sua testa vaga. Il mare. Non che non lo conosca, ma non è esattamente quello che aveva in mente quando ebbe l'occasione di navigarci sopra per un'intera settimana, tre anni prima. Quella settimana in cui fu traghettata dalla sua prima vita nel deserto alla sua seconda vita, qui, nella regione dei laghi.

— Oggi parleremo di una cosa molto, molto importante, ragazzi: il peso specifico...

— Ciumbia! — mormora qualcuno. Di solito quell'espressione lombarda fa sorridere Yusdra. Ora invece nessuna reazione, come se lei fosse assente. La sua testa è là, in una notte buia, quando fece la conoscenza del mare.

La carogna, sul ferro vecchio che chiamava pomposamente "motocicletta", le aveva annunciato che stavano per arrivare al porto. Del mare, Yusdra aveva solo sentito parlare da nonna Leyla. *Immagina, capretta, un luogo vasto come il deserto, ma blu, come l'indaco dei vestiti degli uomini, e che si muove ancora più di un dromedario*. Una volta scesi dalla motocicletta, l'uomo l'aveva accompagnata con il suo fagotto in una specie di piazzale buio, e di colpo lei aveva sentito distintamente il mare sbattere forte dove finiva la terra, come si rompesse contro un muro. Si era avvicinata e uno spruzzo di acqua salata l'aveva bagnata dalla testa ai piedi. Aveva fatto un passo indietro, spaventata, ma era pronta a spingersi di nuovo sull'orlo, ad aguzzare la vista per scorgere i confini della massa nera e misteriosa. Poi, di colpo, quella curiosità di sapere come fosse il mare era stata soffocata dalla chiusura di una cassa di legno in cui era stata spinta a forza. Lì dentro, l'odore non era più quello salato, umido e così speciale che aveva avvertito prima, ma un sentore nuovo, po' marcio e dolciastro. Da fuori, la voce le raccomandava di nuovo di non urlare, che tutto sarebbe andato bene, che doveva solo stare zitta. Ma voce per urlare lei non ne aveva proprio, e nemmeno fiato per respirare, tanto era terribile lo spavento e angosciante l'idea che la Signora Nera l'aspettasse alla fine del viaggio in quella cassa puzzolente. *I morti hanno le gambe lunghe.* Istintivamente si era raggomitolata, dimostrando a se stessa di avere ancora *gambe da viva.*

— Mi state seguendo, ragazzi? — chiede il professore di scienze a una classe silenziosa, ma solo perché è addormentata.

Yusdra annuisce in un gesto automatico, mentre rivede il coperchio della cassa che si chiude su di lei, dividendo il buio in due.

Segue un gran trambusto. Si sente sollevare in aria, cerca di mantenere un equilibrio dentro la gabbia di legno, è costretta a puntare mani e piedi contro le pareti per non essere troppo sbatacchiata, ripete tra sé: "Sono ancora viva, anche se *devo* allungare le gambe." Si trattiene per non vomitarsi addosso.

Al solo ripensarci, ora, vomiterebbe sul banco, mentre con la mano sinistra sostiene il mento e con la destra finge di prendere appunti. Finalmente riesce a ricostruire pezzo per pezzo quella settimana da incubo che, proprio come gli incubi, ha cercato di dimenticare da quando è approdata nella sua nuova vita.

Dopo averle fatto rivoltare lo stomaco, la cassa era atterrata su qualcosa di duro e nello stesso tempo in movimento. Qualcuno apre appena il coperchio. È un faccione di luna piena che, in francese, le dice: — Non fiatare. — Poi apre la cassa, la tira fuori di peso. La faccia appartiene a un donnone. La fa camminare carponi tra enormi scatole di ferro, la infila in una specie di buco. La fa scendere svelta da ripide scalette fino a qualcosa che assomiglia al fondo del pozzo dell'oasi, non pieno d'acqua, ma nemmeno del tutto asciutto. Umidiccio e scivoloso. Rapida, la spinge dentro una nicchia, con una porta che a chiudersi cigola proprio come la carrucola del secchio. Dentro c'è un letto che occupa quasi tutto lo spazio. Le mostra un angolo dalla parte dei piedi e le dice: — Mi chiamo Giada. Ti conviene dormire di giorno, perché di notte io mi devo riposare e posto per due qui non ce n'è. — Le spiega che dovrà stare dentro quella cosa che si chiama "cuccetta" senza fiatare, senza accendere la luce, finché lei non avrà finito il turno in cucina, finché non verrà giù a portarle da mangiare. Yusdra sta per mettersi a urlare, ma quella le tappa la bocca e la ammansisce. — Comportati bene e tutto finirà bene.

— Dove siamo? — riesce a chiedere Yusdra quando il donnone le toglie la mano dalla bocca.

— Che domande! Su un mercantile, una nave che trasporta merci.

— Ah. — "Ecco cos'è una nave, una cosa che non sta mai ferma." — E dove andiamo?

— Tu non devi fare domande. Tu questo viaggio te lo dovrai dimenticare, come il posto e la gente da dove vieni. Siamo intese? Ora partiamo, poi arriviamo. Stop. E di me non devi dire niente. Tanto, il nome l'ho inventato.

Difatti non le si addice per niente. Una così dovrebbe chiamarsi Moby Dick, come la balena.

La cuccetta è proprio, ma proprio nel fondo della nave. E una volta che le capita di vomitarsi addosso, perché il mare si muove peggio di un dromedario imbizzarrito, quella gliene dice un sacco. Se le scoprono lì, allora sì è la fine per entrambe. L'umido, il sudore, la nausea è tutto ciò che Yusdra conosce del mare, oltre al rumore che, invece, le è amico. Così le sembra, almeno. Amico dei pensieri più spaventosi, delle ore interminabili ad aspettare da sola, delle domande che le martellano il cervello. "Che cosa ci faccio qui, perché farmi scappare in questo modo?

Che cosa ho fatto di male, chi sono? Perché mi hanno fatto credere che i miei genitori fossero morti? E chi sono i miei genitori, perché mi hanno lasciata nel deserto per nove anni? Nove anni senza venire a prendermi! Perché mi dicono che l'hanno fatto per il mio bene? Perché non dovrò dire a nessuno da dove arrivo? Perché non dovrò parlare *mai più* della mia gente?" E la domanda più dolorosa di tutte. "Perché nonna Leyla ha mentito proprio a me?"

Domande che in tre anni non hanno ancora trovato risposta.

Il mento appoggiato sul pugno, la mano destra che continua a schizzare segni sul foglio, Yusdra si rivede strisciare sul fondo della cuccetta e incollare l'orecchio alla parete bianca di ferro, per sentire quell'unico rumore che la consola: il mare.

— Intendiamo come peso specifico il peso di un campione di materiale...

La voce del professore è un monotono rumore di fondo per i sogni degli studenti che dormono a occhi aperti.

Da almeno un giorno la balena la fa solo bere. È ancora notte quando ha l'impressione che il rumore del mare e dei motori della nave stia cambiando. Come se tutto si fosse calmato. Fermato. È ancora notte. Nella minuscola cuccetta squilla il cellulare. La balena esce nel corridoio. Controlla. Le fa segno di seguirla. Yusdra trema di paura, si blocca sulla porta. L'altra la trascina via. Il cuore le batte ancora più forte di quando la carogna l'ha strappata dalle braccia della nonna. Salgono per una stretta scala. Arrivano a un ponte superiore. Ancora sguardo di controllo, percorrono un breve corridoio; aperta una cabina il donnone la spinge dentro, si gira a chiudere a chiave. La fa montare su un letto disfatto, la raggiunge a quattro zampe. Sotto il suo peso, il letto sembra cedere. Apre l'oblò e le dice di pregare, perché se non ci passa, sono guai. Passare per dove?

— È improprio usare il termine "peso specifico" per definire la densità... — spiega inutilmente il professore.

Yusdra è a quattro zampe sul letto sfatto di una cabina del ponte alto del mercantile, in un posto ignoto, e sta per essere buttata fuori, nel vuoto. Senza tanti complimenti, l'altra le prende le gambe e gliele fa uscire dall'oblò. Yusdra le si aggrappa, si divincola, non vuole, ha paura, è buio. C'è il mare, sotto. E lei non sa nuotare. Sbatte le gambe contro il bordo stretto e rotondo. Shhh! Non si deve fare rumore! Poi una voce dall'altra parte, una voce maschile ferma e dolcissima allo stesso tempo, la chiama per nome. Nella sua lingua, e con un'inflessione un po' diversa da quella della nonna, la voce le dice di non avere paura, che la prenderà lui. Le gambe sono fuori, passano a mala pena i fianchi. Sente due mani afferrarla per le caviglie e tirare, ma le spalle sono incastrate, le fanno male. Lancia un urlo. La testa è ancora dentro, il donnone le tappa la bocca. Qualcuno dal corridoio chiede:

«Chi è là?!» La donna risponde che è la cuoca, che è venuta a prendere il vassoio della prima colazione dell'ufficiale e ha urtato contro l'armadietto, si sa, lei non è mica un fuscello. L'altro bofonchia qualcosa. I passi si allontanano. Yusdra le singhiozza tra le mani, le spalle ancora incastrate. La donna allora fa una strana manovra e intanto impreca, accidenti, due bambini che si sono presentati con i piedi ha fatto nascere a sua sorella, figurarsi se non deve farcela adesso. E d'un tratto da carceriera la balena diventa davvero Giada. — Su, piccola, coraggio. Che ti facciamo nascere per la seconda volta.

Un braccio è passato. Anche l'altro. Yusdra sente un pavimento gelido e scivoloso sotto i piedi nudi, le ciabattine perse chissà dove. Le braccia sicure dell'uomo la agguantano per la vita, Giada le mette una mano sulla testa per non fargliela sbattere contro il ferro. È fatta, è fuori. È a terra. E, sulla terra, tutto balla, gira, peggio che in mare. Cadrebbe, se l'uomo non la sostenesse con la forza e la delicatezza di cui sono capaci gli zii quando la prendono per issarla sul dromedario. Ma ci sarà mai più un dromedario, nella sua vita? Un sacchetto cade ai loro piedi, qualcosa da mangiare per la piccola, dice la cuoca, e aggiunge che l'ha tenuta a dieta solo perché aveva paura che non ci passasse.

— *Bonne chance!* — Buona fortuna, poi l'oblò si chiude.

L'uomo e la bambina si allontanano di corsa nel buio. Yusdra non sente i piedi, tanto fa freddo. Sono fuori dal porto, dove li aspetta un camioncino con il motore acceso. Alla guida c'è un altro uomo. Salgono e Yusdra avverte subito odore di cipolle. Poi, si addormenta.

— Chi ti ha fatto questi lividi? — È la prima cosa che le dice Yamìna, facendole il bagno, una volta a casa.

— L'oblò — risponde spaesata Yusdra. Poi, seppure sfinita dal viaggio, azzarda: — Perché?

— Niente domande — la interrompe Yamìna. — Questa è la tua nuova vita, Yusdra. Promesso che non parlerai con nessuno del tuo passato?

Più tardi, sprofondata in un comodo letto, così comodo come non l'ha mai nemmeno immaginato, Tayeb viene a darle la buonanotte. — Questa è la tua nuova vita, capretta — le ripete, e il sentirsi dire "capretta" un po' la fa sentire al sicuro. — Da' retta alla mamma.

— Posso chiamarla Yamìna?

Tayeb fa segno di sì.

Succedeva tre anni prima.

Yusdra deve saperlo. Deve sapere dove hanno intenzione di mandarla, adesso, quei genitori che l'hanno già abbandonata una volta, e per nove anni. E perché? Non c'è più nemmeno Irene cui chiedere aiuto. Si sente persa. Con prepotenza, le ritorna in mente la corsa a piedi nudi con suo padre, sulla banchina gelida, verso il camioncino. Alla guida c'era un altro uomo. "Come ho fatto a non pensarci prima!"

Scrive di getto qualcosa sul foglio pasticciato, lo piega e lo passa a Marco, che lo legge e risponde: — Domani!

17

Una dea

Quella sullo schermo del computer di Marco non può essere Malika, la stessa ragazza grassoccia, con i capelli crespi, la pelle grassa e in lacrime, che solo un anno prima era disperata all'idea di lasciare l'Italia e un suo compagno di scuola che nemmeno si accorgeva di lei!

Yusdra è senza parole. Poi le tornano, a raffica e nella sua lingua.

— Ma, scusa... i brufoli, dove sono finiti?

— Ti sembra il caso di dirlo davanti ai tuoi amici?

— Mica ci capiscono. — E si gira a strizzare l'occhio a Marco e Beatrice.

— È una dea! — sta sussurrando Bea. I due sono divertiti al sentire Yusdra parlare in arabo.

— E i capelli... come hai fatto? Voglio dire, erano... erano tremendi!

— È la nebbia che li fa diventare crespi. Guarda i tuoi...

— Uno schifo. Hai ragione. Nooo! Sei *anche* truccata!

Malika alza le spalle e sorride. — È solo un lucidalabbra.

— Però se me lo metto io sembro un clown!

— Ehi, fai capire anche a noi? — protesta Beatrice. — Di che parlate?

— Del suo trucco.

— Oh, è divino!

— Hai sentito, Malika?

— Certo. Lo capisco ancora l'italiano, è a scrivere che mi confondo, perché vado all'*école française*, *mais* capire, tutto, *oui* — risponde lei con un sorriso spaziale e una deliziosa "erre" arrotata.

— Ti ricordi di Bea, la mia migliore amica?

— Sì, quella con tanti fratelli!

— È il motivo per cui passerò alla storia. Sì, lei. Cioè io — replica Beatrice.

— Lui invece è Marco. — Yusdra spinge l'amico davanti al monitor.

— Lo chiamano lo-sciccoso! — la informa Bea.

Marco arrossisce a chiazze. — Ciao, io sono Marco.

— L'hai fatto di nuovo! — gli mormora all'orecchio Yusdra, mentre riprende il suo posto davanti al computer.

— Che cosa? — chiede Marco, sentendosi già in colpa.

— Sei arrossito a chiazze.

— Una malformazione genetica — si giustifica, facendole scoppiare a ridere.

— Ciao Marco, ciao Beatrice.

Malika sorride dall'altra parte del mondo. Perché questa è la sensazione che suscita la sua immagine. Dietro la sua figura snella ("Ma come ha fatto, con tutto quello che le dà da mangiare la zia?"), che si accoccola su qualcosa di certamente stracomodo, si stagliano giganteschi fiori rossi d'ibisco. — È nel patio del riad — spiega Yusdra ai suoi amici.

Marco non riesce a staccare gli occhi dalla ragazza di Tangeri che manda baci con un sorriso smagliante, divertita da quei tre, di cui due pallidoni, che la guardano da quel posto freddo e grigio. A loro invece pare che Malika viva in un mondo da favola, molto, molto desiderabile.

Per rompere l'incantesimo con cui Malika ha ammaliato Bea e Marco, Yusdra le chiede di mostrare il riad. L'inquadratura traballante si apre sul patio fiorito. La voce della ragazza descrive in francese, Yusdra traduce.

— Ogni porta, una stanza degli ospiti… — dice sottovoce Malika, per non disturbare i clienti: lì riposano tutti, nel pomeriggio.

— Beati loro! — Anche Beatrice sussurra, come se temesse di poter svegliare l'intero Marocco.

Yusdra continua a tradurre. — Oltre al bagno, ogni stanza ha il suo *déhors*.

— De… cosa?

— *Déhors*: una zona esterna, un terrazzino, o una parte di patio… La piscina è nel giardino.

— Pisciiiinaaa! — sogna Beatrice.

— … Dove c'è anche l'hammam, il bagno turco.

— Bagno turco in Marocco, eh, eh… — commenta Marco, spiritoso.

— Ne hai dette di migliori — lo prende in giro Yusdra.

— Me ne rendo conto.

— Ora ci sta facendo vedere la zona della prima colazione — spiega Yusdra, mentre Malika mostra tavolini, candele e lanterne. A terra, cuscini bianchi e blu dall'aria invitante sono gettati su tappeti e stuoie.

Attraverso la telecamera, i rami di una buganvillea fiorita lasciano filtrare la potente luce del sole, in quel posto da sogno. Che contrasto con la bruma lattiginosa che ha ormai circondato la casa di Marco, tanto che il parco ne è inghiottito.

— E tu, che vivevi in quel paradiso… — si rammarica Beatrice guardando Yusdra.

— In quell'Olimpo… — corregge Marco.

— Tu sei venuta quiii??? No, dico, ma è pazzeeeesco! — Beatrice non se ne fa una ragione.

— Be', no, io non… insomma, non ci sono mai nemmeno stata, a Tangeri.

— Sì, ma… potresti andarci quando vuoi.

— Non è così facile, Bea.

— Perché? È tua cugina. Se io avessi una cugina così, in un posto come quello, ci andrei di corsa.

— Mi lasciate parlare da sola con lei, ora? — taglia corto Yusdra. E questa volta anche Marco, il ragazzo più riservato che si sia mai conosciuto, si attarda qualche secondo a salutare con un sorriso ebete quella che, andando via a malincuore, concorda essere *proprio* una dea.

"Oh, no!" pensa Yusdra. In testa ha già la nuova combinazione Ma-Ma (Marco-Malika), mentre l'ingenua Bea si allontana camminando all'indietro e salutando con la mano. "Fortuna che tra noi e Malika c'è di mezzo tutto il Mediterraneo!"

Finalmente sola con la cugina, Yusdra infila gli auricolari e ricomincia a parlare in arabo, così anche se Bea dovesse ficcare il naso, ed è nel suo stile farlo, sarà tagliata fuori dalla loro conversazione. Malika ha voglia di parlare di sé, piuttosto che dar retta alle paranoie della cugina. La novità è ghiotta: sta per essere presentata al suo promesso sposo, Jellùl.

— Fammi capire, stai per essere presentata... cioè non lo conosci nemmeno e te lo sposi?

— Oh, ma lui è bellissimo!

— E come lo sai?

— Ho visto la foto su Facebook.

— Ma potrebbe essere antipatico!

— È ricco, figlio di un cugino di mia madre, i suoi hanno un albergo, ma molto più grande del nostro, pensa, sulla spiaggia! Così la famiglia fa un buon affare. Ti rendi conto?

— Ma tu hai *solo* sedici anni!

— Compiuti.

— Che t'importa degli affari?

— Sarò più libera da sposata che in casa con i miei, vedrai.

— Sei proprio sicura, Malika?

— Certo. Infatti, da quando ho detto di sì, mio padre

è diventato tutto un miele e mi lascia mettere anche lo smalto.

— E quando lo conoscerai?

— Jellùl? Questa sera passa a prendere il tè, con tutta la famiglia. Ti piacciono? — Le mostra le unghie laccate di azzurro.

— Le avevo notate, ma se poi lui non ti piace?

— Oh Yusdra, quanto la fai lunga.

— Malika ti prego, ragiona!

— È deciso. E poi sono grande.

— Allora, cioè, visto che sei grande, no, insomma... a te le diranno le cose dei grandi! Che cosa sai di quel che succede in casa mia?

— Ah scusami, ho saputo che ti sei bruciata le mani, scusa-scusa non ti ho nemmeno domandato come stai. Come stai, cuginetta?

— Bene. — Le mostra i palmi delle mani, ormai guariti.

— Ma com'è successo?

— Volevo friggere le *zlabìa*.

— Tu friggere qualcosa? Capisco. — E Malika scoppia in una risata tanto allegra quanto irritante.

— E insieme alla notizia della mia imbranataggine... hai... hai saputo nient'altro?

— Aspetta... ah sì, mia madre era al telefono, con una cugina, mi sembra.

— E...?

— Parlavano di zia Yamìna, ma non ho capito proprio bene. Tu hai notato qualcosa di speciale?

— Insomma, sai com'è lei, non parla, non capisci che cosa pensi davvero… ecco… è più ferma del solito.

— Vuoi dire imbambolata?

— Eh, sì.

— Allora è come pensavo.

— Cioè?

— Incinta, possibile?

— INCINTA?! INCINTA, INCIIIINTAAA! — Lo urla in arabo, in francese e se lo lascia scappare perfino in italiano. Un richiamo irresistibile per Beatrice, che accorre.

— Chi è incinta?

Da Tangeri, intanto, arrivano voci. È la zia che chiama Malika, deve preparare il tè per gli ospiti. La ragazza manda baci e chiude la comunicazione.

— La dea è inciiintaaa???!!! — chiede curiosissima Bea.

— No — risponde sconvolta Yusdra.

— E allora chi?

— Non lo dici a nessuno?

— Giuro, giuro.

— Mia madre.

— Noooo! — Bea la guarda costernata. — Ma scusa, dopo tanti anni! Non è come la mia che non riesce a trattenersi… Per lei è come salvare il pianeta fare figli, sei figli in dodici anni! Insomma tu, tu sei figlia unica. Che bisogno c'era di farne un altro?

— Non lo so. So solo che… — annuncia Yusdra con un tono da funerale — vuole mandarmi via.

Per tutta risposta, l'altra esulta. — Cosa? Fa un bambino e non ti tiene lì a cambiargli i pannolini? È una santa!

— Piantala! — Yusdra capisce di essere sull'orlo di uno scontro. Forse anche fisico. Ha voglia di picchiare tutti. Se fosse Roberto, potrebbe farlo impunemente. Peccato.

L'espressione deve essere abbastanza truce, perché Bea batte in ritirata. — Scusa, scusa, hai ragione. — Litigio scongiurato. Ecco il sorriso da un orecchio all'altro, quello che mette di buonumore. — Ma come lo sai, che vuole mandarti via?

— Gliel'ho sentito dire... — Yusdra è più calma, ora.

— Sei sicura?

— Adesso che so che è incinta, sì.

— Be', forse ti manda da Malika, in Marocco. Che bello! Così vengo a trovarti, magari con Marco!

— Figurati! *Lei* vuole mandarmi in collegio.

— Oh, è il mio sogno... Guarda, ci sono dei collegi fantastici. In tutte le serie televisive è così.

— Per favore!

— Be', sì, sono serie americane. In ogni caso non sarebbe mai come quello in cui vogliono mettere Roberto: il carcere minorile, dico.

— Io torno a casa. — Yusdra non ne può più.

— Aspettami! Marco, lo sai che Yusdra sta per avere un fratellino?!

— Bea! Avevi giurato che non l'avresti detto a nessuno! — Yusdra vorrebbe strozzarla.

— Mi spiace Yusdra, ma non sono d'accordo con te, lui è un *nostro* amico!

Bea puntigliosa e rivendicativa? Malika bella e seducente? Yamìna incinta? Che cosa sta succedendo?

— Prego? Di che fratellino state parlando?

— Del mio — cerca di riparare Beatrice. — Noi andiamo.

Yusdra infila la giacca a vento, quella di Malika, che continua a starle larga, e agguanta lo zaino. — Grazie Marco, io vado a piedi, saluta tua nonna.

Esce con addosso la sensazione dell'antipatia. Si sente antipatica. È antipatica, anzi.

Torna sui suoi passi.

Aspetta Beatrice. La prende sottobraccio, attraversano insieme il parco e si stringono contro il freddo.

— Guarda che può essere anche bello.

— Avere un fratellino?

— Per me è stato così. Almeno quando è nata Margherita. Mi ci divertivo un sacco. È quando sono arrivati gli altri che...

— Scusami.

— Ma dai...

— Davvero, sono... a volte sono proprio antipatica. Scusami.

— Ma no, sei Yusdra. Una tipa tosta. Tutto lì.

— Ti piace Marco, vero?

— Nooo, sììì, be'... Boh!

— Un sacco?

Beatrice sorride e alza le spalle. — Non lo so, se proprio "un sacco"!

18

Segreti nel cassetto

— È successo di nuovo!

Don Giulio fa fatica a capire che cosa stia cercando di dirgli Beatrice, sopraffatta dai singhiozzi.

— Ce l'hai un fazzoletto?

— No.

— Tieni. — Esce dal confessionale e le porge un pacchetto di Kleenex.

Tirando su col naso, Beatrice si siede sull'inginocchiatoio. — Però... però... un rimedio l'ho trovato. Anche se... — E tra le lacrime sorride, mostrandogli i polsi arrossati.

— Che cosa hai fatto?

— Non c'era altra soluzione, don. Mi creda.

Marco ha accompagnato la nonna alla messa.

Dopo la benedizione, don Giulio esce sul sagrato a salutare i parrocchiani, anche se hanno l'aria di voler rientrare tutti di fretta a godersi il pranzo della domenica. Don Giulio si avvicina e tende la mano. — Come andiamo? E tu, Marco? Non ti vedo da un pezzo.

Marco arrossisce e abbassa un po' il capo, mentre con la stampella scosta un grumo di neve ghiacciato e sporco di sale e terra.

— Marco, ti decidi a salutare don Giulio?

— Buona domenica, don.

Beatrice si avvicina ai tre, sorride alla nonna di Marco e saluta. — Buongiooooornooo! Oggi da me viene Yusdra a studiare. Vuoi venirci anche tu, Marco? — chiede.

Marco s'illumina. — Posso, nonna?

La casa di Beatrice è stranamente silenziosa. Tutta la famiglia, a parte Nanà, è dagli zii.

I ragazzi studiano poco, giocano con Nanà-che-puzza-di-cane-bagnato, si rotolano con lei sulla poltrona di polistirolo, mangiano di tutto poi, al computer, scaricano la puntata di una serie televisiva in inglese. Dei tre, è Marco quello che capisce tutte le parole.

— È solo perché ho un cugino in Inghilterra e mi ci mandano sempre — si giustifica. A volte però si dimentica di tradurre e si ritrova a ridere da solo.

Dopo un po' la puntata li annoia. Marco e Beatrice parlano della gita a Genova. Yusdra ottiene il computer per sé.

— Ci chiami, se parli con Malika?

— Vediamo se è in linea — risponde lei.

È fortunata.

— Prima non ti sento per mesi, poi due volte in una settimana! Che succede? — Malika è sorpresa.

— Devi assolutamente aiutarmi — risponde Yusdra con aria da tragedia.

— Aspetta, prima ti racconto di Jallùl.

— D'accordo, ma guarda che non ho molto tempo.

— È proprio carino! Vuole fare lo chef. Si iscrive a una scuola di cucina a Parigi. Ti rendi conto? Parigi! Io non l'ho mai vista. Sarà fantastico!

— Ehi, un momento! Ha detto che vuole andarci con te?

— Be', è ovvio. Siamo fidanzati!

— Malika, ma lui a Parigi, magari, ci vuole andare per conto suo, come fanno i ragazzi che vanno all'estero a studiare...

— Se ci prova, lo uccido! — Malika si rabbuia all'istante.

Yusdra cerca di rimediare. — Ma no, vedrai che andrà tutto bene, andrete a Parigi. — E senza nemmeno farle riprendere fiato continua: — Adesso però dimmi tutto, *tutto* quello che sai di Yamìna.

— Te l'ho detto, mia madre parlava con una cugina...

— ... E tu hai sentito che lei diceva che era incinta.

— No, tu hai detto che lei aveva un'aria addormentata, così io ho pensato che potesse essere incinta... E poi, scusa, che ci sarebbe di strano?

— Ma di me che cosa hanno detto, di preciso?

— Non parlano di te, lo sai... — e abbassa la voce, come se, dal deserto, orecchie grandi come dune venissero ad ascoltare.

— Lo so cosa?

— Niente.

Yusdra non la sopporta più, questa reticenza. — Perché? Perché di me non si può parlare? Vuoi dirmelo una volta per tutte?

— Che cosa vuoi che ne sappia, io? So solo che sei spuntata dal nulla, con la testa piena di treccine, e io ti ho voluto bene come a una sorella, poi noi siamo ritornati in Marocco e adesso eccoci qua. È tutto. Tutto!

— Mi racconti bugie.

— Te lo giuro, Yusdra.

— Tuo padre lo sa.

Malika sembra cadere dalle nuvole. — Che cosa dovrebbe sapere?

— È venuto lui a prendermi, con mio padre.

— Prenderti dove? Di che cosa stai parlando? — Malika ha l'aria sincera. Non ci sarà verso di cavarle alcuna informazione.

— Lo sai che vogliono cacciarmi via?

— Cosa?

— Sì, vogliono mandarmi in collegio.

— Ma figurati...

— Davvero!

— Te l'hanno detto loro, voglio dire, zio Tayeb e zia Yamìna?

— Li ho sentiti io.

— E che cosa hanno detto di preciso?

— Era una parola che sembrava "collegio".

Malika si fa ripetere quella parola, ma non la sa tradurre. — Non so, tra di loro i tuoi hanno sempre parlato un dialetto che non ho mai capito molto, non la conosco quella parola. E quando vorrebbero mandarti in questo posto?

— Quando nascerà il fratellino.

— Hanno detto che è un maschio? — la stuzzica Malika sorridendo.

— No. Non ne hanno parlato per niente. Perché? Si può saperlo prima?

— Certo! Se è vero che è incinta, farà degli esami, no?

— Cioè?

— All'ospedale si fanno degli esami e si sa subito. Comunque sta' tranquilla, la nostra gente non manda i figli in collegio, e poi non è neanche detto che sia incinta, magari ho capito male. Scusami, ma mi chiama la mamma. Ciao Yu.

La finestra di Skype si chiude e Yusdra resta lì, davanti al computer, con la voglia di buttarsi alle spalle quella storia e dimenticare.

Una volta a casa, però, invece di dimenticare le sale come una furia. Vuole sapere. Magari Malika si è davvero sbagliata, e sua madre non è affatto incinta. Magari è come dice la cugina: quella parola non significa per niente "collegio". Forse ha ragione, loro non fanno queste cose ai bambini.

Yamìna e Tayeb stanno per andare al centro commerciale, aperto anche di domenica.

— Vieni, Yusdra?

— Be'... — Ecco l'occasione per restare a casa da sola. — Non posso, devo finire la ricerca.

— Niente guai, capretta.

L'ha chiamata capretta. Non la manderà in collegio.

— Tranquillo bàba, ho l'estintore a portata di mano.

Tayeb esce strizzandole l'occhio. Lo fa ridere, quella ragazzina intelligente.

Appena fuori i genitori, Yusdra apre il cassetto del comò, dove ha visto la madre riporre delle carte, dopo il ritorno dal pronto soccorso. Cerca forsennatamente.

Lettere.

Documenti.

Due buste gialle dell'ospedale. Una è la sua, di quando l'hanno curata per l'ustione, l'altra... eccola. È di Yamìna. Il cuore comincia a battere a mille. Le dita aprono tremanti la busta, sfilano un foglio. Le lettere si confondono davanti agli occhi: è una specie di certificato e c'è scritto *maschio*... Dunque, è vero: avrà un fratellino. Può non essere brutto, avere un fratellino. Può essere bello, anzi. E forse lei ha davvero capito male, nessuno vuole mandarla via.

Ripone la busta. E poi la vede. Una cartellina azzurra, piena di timbri. *Tribunale dei Minori*. Il cervello gira a mille. Si ricorda dell'assistente sociale, di quello che ha detto alla fine del colloquio. Apre la cartellina. La scrittura è minuta, fa fatica a capire, poi riesce a decifrare una frase: *Perizia da parte dei servizi sociali, al fine di stabilire che la minore non necessiti di inserimento in comunità...*

Il carcere minorile, realizza con orrore. Ecco di che cosa parlavano i suoi, di comunità, non di collegio...

Cerca affannata sul vocabolario d'italiano il significato della parola "perizia": *accertamento, consulenza da parte di persona esperta, per verificare… soprattutto in un processo penale…*

La vista le si annebbia.

Ha bisogno di sfogarsi con qualcuno.

Ripone la cartellina, chiude il cassetto e va al telefono. Chiama Beatrice. Libero. Yusdra è così in agitazione che si sente disposta a rompere gli argini, a rivelare tutto di sé. A sfogarsi, finalmente. A raccontare del deserto, della nonna, di come è stata portata in Italia: tutto. Ma non risponde nessuno. "Che idiota che sono! Bea me l'aveva detto che avrebbero cenato dai nonni…"

Disperata, torna in camera sua e si getta sul letto. Non riesce a piangere. Prende un libro, ma non riesce nemmeno a leggere.

Il tempo passa, sempre più carico d'ansia.

Rumori nel cortile. I genitori stanno rientrando. Tayeb la chiama.

— Sto leggendo — risponde, cercando di usare il tono di sempre. Non vuol farsi vedere in quello stato, meglio fingere normalità. Ma non resiste. Sbircia da uno spiraglio.

Un gran trambusto. Stanno aprendo le due ante della porta d'ingresso per far passare qualcosa di ingombrante, avvolto nel cellophane, che spingono su rotelle.

Yusdra si sporge per guardare meglio.

Una carrozzina. Logico.

È venuto il momento, adesso glielo diranno.

Dovranno farlo.

19

Far camminare la speranza

Giorni e giorni e giorni d'ansia.

Yusdra si sente spiata, per via della *perizia*. C'era scritto chiaro: *persone esterne che debbono controllare*. A spiarla, a volte è un uomo che cammina dall'altra parte della strada. A volte una signora dal panettiere. Può essere un compagno di scuola, la nuova insegnante di italiano, verrà fuori anche l'episodio del sindaco, la bidella che la guarda sempre storto quando fa le briciole con la focaccia.

Yusdra non riesce a studiare. Non ottiene buoni voti. Non è nemmeno più in grado di capire quale sia il limite oltre il quale ti spediscono in collegio. Era Roberto che lo passava sempre, quel limite. Ma da quando hanno portato sua madre all'ospedale, Roberto non fiata, immobile, come uno stagno, eternamente attaccato all'iPad. I prof non glielo sequestrano nemmeno più. Meglio averlo in classe dipendente da quell'affare, piuttosto che in bagno a picchiare qualcuno.

La notizia che Yamìna aspetta un bambino gliel'hanno data come se fosse la cosa più naturale del mondo.

"Logico, fanno finta che tutto vada bene per non insospettirmi." E allora anche lei fa finta di essere felice del bambino, che arriverà in giugno.

Non fanno che parlare di lui, che cercare un nome adatto. Yamìna perlopiù sta ferma. Tayeb la serve in ogni cosa e obbliga Yusdra a fare altrettanto. La donna ha perfino imparato a fare la maglia dalla vicina, ora confeziona copertine e maglioncini azzurri.

— Preparati, questo è solo l'inizio — le ha detto Beatrice. — Il peggio è quando nasce. Frignerà tutta la notte. Non ti farà dormire. Poi ti farà dispetti orrendi e tu dovrai stare zitta, perché tanto avrà sempre ragione lui, e quando ci sarà da prenderle, arriveranno a te, che sei la più grande, non a lui.

— Ma perché, i tuoi ti picchiano?

— Be', ogni tanto. Una volta, per esempio, mia sorella ha messo in lavatrice una maglietta che stingeva, ha rovinato una camicetta preziosissima di mia madre e sono stata io a prendere una sberla.

— Ma scusa, non è giusto!

— È che glielo avevo chiesto io, di fare la lavatrice. L'ho pure pagata perché lo facesse... così ci ho rimesso anche la mancia.

Ma quando nascerà il fratellino, Yusdra non ci sarà più. Sarà già stata mandata in *comunità* e non sarà valso a niente che lei per giorni e giorni, e ore di angoscia dentro questi giorni, abbia cercato di comportarsi come se tutto fosse *assolutamente* normale.

Non c'è nessuno con cui possa confidarsi. Nessuno di cui fidarsi. Ha paura di parlare perfino con Beatrice, è troppo chiacchierona.

Poi un mattino di febbraio, quando la luce si fa così tersa da far dimenticare la nebbia, il freddo, l'umido, un giorno in cui il Monte Rosa si staglia così perfetto nel cielo da togliere il fiato e i laghi sembrano gemme, un giorno in cui il vento a qualcosa serve, a Yusdra viene voglia di guardare avanti e solo avanti. Basta paure, basta sentirsi spiata. E le viene in mente l'unica ancora di salvezza, una persona a cui non ha pensato per troppo tempo, una persona verso cui è stata egoista, ma la sola che potrà capire.

Irene.

Ecco la persona con cui parlare.

Yusdra è già in cima alla collina, sulla ciclabile, ma invece di accostare al cancello della casa di Beatrice, inverte la direzione e ritorna sulla Provinciale. Le auto sfrecciano, ma lei non ha paura. Va avanti decisa. Non ha molto tempo. Deve arrivare all'ospedale, entrare, cercarla, parlarle e tornare indietro per l'ora di pranzo. Sarà facile firmare la giustificazione, non è la prima volta che Yamìna glielo fa fare al suo posto.

Al cancello d'ingresso, abbassata sulla sua bici, passa sotto il vetro della guardiola. Un parco di pini circonda l'ospedale. Yusdra si ferma a guardare un cartellone con l'indicazione dei reparti. "Chemioterapia" non c'è, ma è quella l'unica indicazione che ricordi. Una signora è ferma a controllare accanto a lei. Yusdra cerca di imitare il sorriso di Beatrice, quello che incanta. — Signora, per favore, sa indicarmi dov'è il reparto della chemioterapia?

— Vuoi dire oncologia?

Yusdra annuisce, non è tanto convinta ma... sì, potrebbe essere quella cosa lì.

La signora indica un padiglione. Con la bicicletta a mano Yusdra percorre il viale fin là, lega la bici a un palo ed entra. Bisognerà trovare la stanza, ora.

Un'infermiera. È tentata di chiedere, poi decide di no. Meglio fidarsi degli uomini. Un camice bianco. Dottore. Eccolo: l'aria disinvolta del medico che l'ha curata al pronto soccorso.

— Per favore, dove sono le stanze dei degenti? — Degenti. Una parola che ha letto di recente. Quello la indirizza al piano giusto.

Un lungo corridoio, camere a destra e a sinistra. Nel corridoio si aggirano fantasmi in camicia da notte, pigiama, vestaglie slacciate (lì dentro fa ancora più caldo che a scuola). C'è qualcosa che li rende indistinguibili. Uomini e donne sembrano tutti uguali, e non è solo per quella macchinetta che si portano dietro, cui sono legati da tubi trasparenti. È per il cranio: la maggior parte di loro non hanno capelli. E sono magri. Alcuni magrissimi. Sono sostenuti da bastoni e carrellini.

"Camminano come nel deserto. Vedono qualcosa" pensa Yusdra.

Poi la riconosce dalla vestaglia. Solo lei potrebbe aver scelto quella stoffa a fiorellini.

Yusdra ha il fiato sospeso dall'emozione. Le è di spalle. La chiama sottovoce: — Irene.

Lentamente Irene si volta. E il suo sorriso, anche senza riccioli, anche sperduto nella trasparenza della pelle, è sempre il suo sorriso gioioso.

— Yusdra!

Vanno a sedersi in una piacevole stanzetta azzurra. Irene le chiede della classe, della scuola. E lei, Yusdra, è sempre così brava?

Yusdra ricaccia indietro le lacrime. Irene le circonda le spalle, lei l'abbraccia alla vita. È così ossuta.

— Come mai sei venuta a trovarmi, Yusdra? Siamo sicuri che vada tutto bene?

Pedalando verso l'ospedale, Yusdra si era preparata un bel discorso: arriva un fratellino, i miei vogliono farmi rieducare in una comunità, non mi vogliono più. Ma è già successo un'altra volta, quando mi hanno portato via dalla nonna, e io non posso più sopportare di essere cacciata via di nuovo...

Invece si tiene dentro la sua angoscia. — Volevo vederla. Mi scusi se non ho portato dei fiori — risponde tranquillizzandola.

Irene maschera la commozione. — Ma tu non dovresti essere a scuola, questa mattina?

Yusdra ormai ha imparato a mentire. — Sciopero. Allora, come sta?

Irene la guarda negli occhi e risponde con un'aria sincera. — Mi curano. Andrà bene. Ritornerò, vedrai. Vi porto io all'esame di terza. Ci tengo. Ce la farò.

E improvvisamente Yusdra capisce perché nel corridoio del reparto oncologico i fantasmi con il pigiama camminano come nel deserto. Perché sanno far camminare la speranza.

Vuole anche lei quello sguardo, della speranza e non della paura. Lo sguardo sincero e non la bugia. Ora sa dove cercarlo.

C'è un'unica altra persona al mondo che può ridarle quello sguardo: nonna Leyla.

20

In rete

Nella stanza dei bottoni, sull'iPad di Marco, sul computer di Beatrice, perfino di nascosto, all'internet-point dell'oratorio (ce la porta Bea, qualche volta) Yusdra manda un SOS a Malika.

E Malika risponde. — Mi ha tradita! È partito da solo per Parigi.

— Ti aveva detto che ti avrebbe portato?

— Be', no...

Difficile tenere a bada la curiosità di Beatrice. — Perché piange?

— Poi te lo spiego. Puoi lasciarmi ancora un po' al computer?

— Sì, ma mia madre sta tornando e vorrà usarlo lei. Ciao, Mali!

— Ciao, Bea — risponde quella singhiozzando.

— Ok, facciamo veloce. — Poi in arabo alla cugina: — Hai sentito, no? Abbiamo poco tempo.

Poco tempo per sfogarsi.

Un fiume di parole: Jallùl l'ha baciata, l'ha illusa, è partito da solo per Parigi da dove non l'ha mai chiamata, e si nega quando lei lo cerca. È disperata, non mangia più, non dorme più, non fa che piangere, non può confidarsi con nessuno, non può parlare con i suoi, farebbero una tragedia, lei *disonorata* e lui perseguitato, il matrimonio compromesso. Odia quella mentalità, quelle regole. Odia il riad, odia Tangeri, la gente di lì, i turisti felici, la piscina e il patio fiorito, odia tutto e tutti. Vuole scappare, andare a Parigi a cercare Jallùl, implorarlo di amarla ancora.

— Scappa con me, Yusdra!

Poco tempo per capire.

— Non serve andare a Parigi.

— Io qui non ci resisto. Non posso vivere lontano da Jallùl.

— Prima devi sapere se ti ama ancora.

— E chi può dirmelo?

— Una persona che conosce il cuore degli uomini.

— Uno stregone? Ce n'è uno nel quartiere, che fa le carte…

— Niente del genere. Una persona saggia.

— Sì, figurati…

— La cercano da ogni parte del deserto per chiederle consiglio.

— E chi sarebbe?

— Fidati. Io ti ci posso portare. Trovami il modo per arrivare a Tangeri, prima di giugno. Prima che nasca il fratellino, prima che mi caccino via di casa, e ti prometto che ti porterò da lei.

Malika, alla fine, disarmata, acconsente.

— Sì, ma come? Come farti arrivare fin qui?

21

Come?

Come Yusdra arriverà a Tangeri dall'Italia, lo scopre Beatrice, un giorno di aprile. Da mesi, l'amica sembra volerla frequentare solo per avere la possibilità di usare il suo computer. È diventata videodipendente, come Roberto. Lo schermo è un'ossessione per lei. Non ha più tempo di parlarle, tanto meno di ascoltarla.

D'accordo, è sconvolta per l'arrivo del fratellino, ma perfino Beatrice, insofferente alle mamme-sforna-figli, trova che Yusdra dovrebbe farsene una ragione. Un fratello non è una tragedia, mica come averne cinque! Lei sì, ha un vero, serio problema, un segreto che, a parte don Giulio, nessuno conosce. È stata lì lì per parlarne con Yusdra, una volta, ma alla fine, vergognandosene, ci ha rinunciato. Ne ha sofferto, ma è abituata a vivere in una famiglia in cui nessuno può permettersi di essere oggetto dell'attenzione degli altri. Poi si è avvicinata sempre di più a Marco, anche se non osa rivelargli il suo segreto.

La chat, lasciata incautamente aperta da Yusdra, sgombra ogni dubbio di Beatrice. Deve essersi dimenticata di chiudere la pagina dopo la telefonata del padre, che la pregava di rientrare a casa ad aiutare Yamìna.

Je serai à Gênes, avec l'école, mais le 7 et 8. Cherche un bâtiment qui parte ces jours là pour Tangeri. Je sais comme faire. C'est pas la première fois que je voyage clandestine.

Beatrice capisce il senso generale del messaggio, consulta rapida il vocabolario on line – presto qualcuno rivendicherà il computer – alla fine ecco la traduzione: "Sarò a Genova con la scuola il 7 e 8 maggio, cerca una nave che parta in quella data per Tangeri. So come fare. Non è la prima volta che viaggio clandestina."

Clandestina? Così Yusdra, arrivata clandestinamente in Italia, adesso vuole scappare! Vuole andare dalla cugina, senza dire niente a nessuno. Beatrice non può biasimarla, Malika sta in un posto paradisiaco. Ma si comporta così, una vera amica? Ti pianta in asso in questo modo senza avvertirti?

Beatrice si sente tradita. È gelosa di Malika. Poi ripensa al suo segreto. In fin dei conti nemmeno lei ha rivelato nulla a Yusdra... È offesa e insieme si sente in colpa.

Chiude la chat e nella sua mente comincia ad agitarsi il dubbio di come comportarsi. Far finta di non sapere nulla? Tenerla d'occhio? Proteggerla da un'azione così assurda e rischiosa? Già se lo immagina il titolone sul giornale...

RAGAZZINA DI DODICI ANNI SCOMPARE DURANTE UNA GITA SCOLASTICA...

E più sotto: *Viene interrogata la sua amica del cuore, che dice di non sapere niente...*

E qualche tempo dopo: *Non si trova il corpo della ragazza scomparsa durante la gita scolastica al porto di Genova…*

Né Tayeb, né Yamìna sono genitori tanto cattivi da dover scappare via da loro. Le vogliono bene, non l'hanno picchiata nemmeno una volta.

Sì, Beatrice è proprio davanti a un grande dilemma.

Agguanta il telefono e compone il numero di Marco. Sottovoce gli racconta tutto.

— Forte!

Il tono di ammirazione della risposta di Marco la lascia inquieta. — Come forte?! È una cosa da pazzi!

— Se vuole scappare avrà una ragione. C'è sempre, in questi casi.

— Che ragione vuoi che ci sia? Sarà gelosa del fratellino. E allora io che cosa dovrei fare? Ammazzarli? — Beatrice improvvisamente tace, imbarazzata.

— Se potessi, lo farei anch'io. Scapperei via di qua, subito!

— Tuuu? E perché? Tua madre e tua nonna ti adorano. Vivi in una casa meravigliosa. Non ti manca niente.

— A volte le cose non sono come sembrano. Io la capisco. Anzi, se ne parlate chiedile se porta anche me.

— Ma tu sei matto! Noi dobbiamo farla ragionare, non spingerla a fare una pazzia!

Al telefono, Marco improvvisa uno dei suoi rap.

A volte quello che sembra vero è finto.
Chi sembra pazzo, invece è saggio.

Il fantasma che hai visto dietro il faggio
era vero oppure l'hai dipinto?

— Sì va be'... ne riparliamo. 'Notte!

Beatrice non riesce a dormire, deve scoprire la vera ragione della fuga di Yusdra e, intanto, tenere a bada i suoi, di fantasmi.

La sorella si è addormentata, parlerà un po' nel sonno, come sua abitudine. Poi finalmente la sua voce acuta e perforante tacerà. A quel punto, Beatrice tirerà fuori, da sotto il materasso, una lunga benda, poi si legherà un capo al polso e l'altro alla testata di ferro del letto così, se dovesse capitarle di andare di nuovo in giro sonnambula, non arriverà oltre la porta. Non farà una strage. E mentre pensa alla vita d'inferno che le tocca, le notti insonni, gli incubi, le paure, l'ingiustizia di un'amica che non si confida, di un amico che, invece di fermarla, parla di fantasmi e vuole scappare anche lui, le viene in mente che forse in quella fuga c'è una soluzione. Una soluzione anche ai suoi problemi.

Più lontano è, meglio è. E il Marocco le pare sufficientemente lontano.

Il piano prende forma: parlerà con Yusdra del proprio dramma e anche Yusdra sarà costretta a rivelarle perché vuole scappare. Allora la convincerà a portare anche lei e perfino quello svitato di Marco.

Fuggiranno insieme.

Beatrice si addormenta rappacificata e si dimentica di legarsi alla benda.

Nel cuore della notte, il rumore della porta che si apre sveglia Margherita, che accende la luce del comodino.

— Bea, che cosa ci fai lì in piedi, con la scatola dei pelati in mano?

22

Rivelazioni

— Capite? Stavo andando nella stanza dei fratellini con in mano la scatola dei pelati, quella formato famiglia...

Yusdra e Marco, appartati nel cortile della scuola, in una tiepida giornata di primavera, ascoltano Beatrice e non capiscono dove voglia arrivare.

— Tipo quella che ti sei tirata sui piedi l'anno scorso?

— Sì. Solo che non la stavo portando a mia madre in cucina, chiaro adesso?

Gli altri due si guardano perplessi.

— Cioè, io questa volta, la scatola ce l'avevo in mano... — E fa loro segno di avvicinarsi, come se stesse per rivelare un grande segreto. — ... Ce l'avevo in mano, perché volevo farli fuori!

— Chi? — chiedono sbalorditi Yusdra e Marco.

— I gemelli.

— Ah, non i tuoi?

— Non c'è niente da ridere, Marco.

— Un sonnambulo non è mica responsabile di quello che fa. Comodo per un omicidio.

— Smettila! Per me è un problema serio. E non è la prima volta. Se non mi lego al letto, è una tragedia. Guardatemi i polsi! Sono i segni della benda.

— Io non ne vedo. — Yusdra è scettica.

— È perché stanotte mi sono dimentica di legarmi e, infatti, ci ho riprovato! — Poi, cercando la loro comprensione: — Ma non è colpa mia se sono sonnambula, vero?

— Certo che no.

— Te l'ho detto, saresti completamente scagionata.

— Sono comunque un'assassina potenziale. Insomma, devo assolutamente andarmene via. Capite? Scappare, fare qualcosa perché non succeda più... Ma non so dove andare. Credetemi, sono disperata. Non voglio uccidere i miei fratellini! Anche se sono dei mostri, gli voglio bene.

— A te darebbero la condizionale, a me invece no. Sarà meglio che scappi anch'io, che ne dici, Yu?

Yusdra è in trappola. Il suo segreto comincia a sgretolarsi. — Io *devo* riuscire a scappare davvero, prima che nasca il mio fratellino.

Il piano di Beatrice funziona, l'amica sta per confessare.

— Anche tu sogni di ucciderlo?

— No. Il fatto è che i miei vogliono mandarmi via, appena nascerà.

— Ma dai! Te lo sei messo in testa tu!

— Ve lo giuro! Ho visto i documenti del Tribunale dei Minori... E io non posso lasciare tutto di nuovo, perché non è la prima volta...

Ormai non ci sono più freni, il grande segreto cui è

stata vincolata da tre anni è sulla punta della lingua, è lì lì per uscire, finalmente. Così Yusdra lo lascia andare.

— Avevo nove anni, vivevo nel deserto con nonna Leyla...

I ragazzi l'ascoltano con gli occhi spalancati fino alla fine e sono ancora più sbalorditi quando la sentono affermare con decisione: — Non mi resta che tornare. Ho già un piano.

— Qualunque sia, io ci sto — dichiara risoluta Beatrice.

— Anch'io, ma prima voglio sentire il piano, nei dettagli.

— Un momento — li interrompe Yusdra. — Un momento! Questa è la *mia* fuga!

— Non ci vuoooi? — Beatrice ha quasi gli occhi lucidi.

— Scusatemi, ma è un po' più complicato imbarcarsi clandestini in tre, che da sola.

— È più facile, anzi! Ne discutiamo oggi pomeriggio, davanti al mio computer, d'accordo?

Navigano nel porto di Genova. La linea blu di Google Maps li porta fino alla banchina, proprio dove attraccherà la nave.

— Vediamola!

Il mouse corre veloce. Eccola!

— Due ristoranti e un self-service!

— Quanto è alta!

— La piscina, guardate!

— Che cabina megagalattica!

— Scordatela, i clandestini viaggiano nelle stive.

— La cosa importante da fare è depistare le ricerche finché la nave non è in mare aperto!

— Giusto, non ci avevo pensato — ammette Yusdra.

— Io sì — ridacchia Marco. Poi mostra due cellulari e spiega come ha intenzione di usarli.

— Geniale! — esclama Beatrice.

Yusdra si limita a un "mica male". Ma in cuor suo si convince che è difficile fare a meno di Marco. Inoltre, da quando i suoi amici sanno del piano, da quando le hanno detto che vogliono farvi parte, lei si sente più che tranquilla: si sente forte delle sue scelte. Forse non è una cattiva idea partire tutti e tre insieme...

— A un patto, però! Decido io.

— Tutto quello che vuoi! — la interrompe Bea.

— Sentiamo le tue condizioni, prima — tratta Marco.

— Decido io i bagagli, l'imbarco, il viaggio nel deserto. Insomma, sono il capo della spedizione. Resta ancora qualche dettaglio sulla cassa. Perché... — Esita. — ... Ehm... ci vogliono anche dei soldi, ecco.

Per tutta risposta, Marco monta su una sedia e dalla cima dell'armadio prende un enorme salvadanaio di coccio. — Spostatevi. — Senza esitazione, lo fracassa a terra.

Centinaia di monete, ma anche banconote, si spargono sulle mattonelle in mezzo ai cocci. Poi, appollaiato sulla sedia, Marco interpella Yusdra, interdetta. — Ti va se mi occupo della cassa?

— Direi proprio di sì — risponde lei, sgranando gli occhi davanti a quella manna piovuta dal cielo.

Mentre raccolgono, cominciano a contare, fanno confusione, perdono il conto e ricominciano da capo, Yusdra elenca le cose essenziali che un viaggiatore del deserto deve portare con sé.

Ci vogliono maglioni, giacche a vento e sciarpe perché di notte fa freddo; un sacco a pelo a testa, e fortuna che Marco ne ha due così può darne uno a Yusdra che non ce l'ha. Poi ci vorrebbe anche una tenda, ma si insospettirebbero troppo se li vedessero partire con la tenda, allora si rimedia con un telone impermeabile, picchetti e corde, tutto reperibile nell'attrezzatura scout di Bea e di Marco. Servono scarpe alte e comode, tipo quelle da montagna, per via delle vipere, un buon coltello e borracce, posate personali, medicine, creme solari – ma di queste Marco ne ha un sacco perché si scotta sempre – e collirio: anche di quello ne ha perché soffre di congiuntivite...

— Fai l'elenco dei medicinali, quelli li rubo io, un po' dall'armadietto di casa, un po' da quello dell'oratorio. Anzi, se vuoi, io mi occupo del pronto soccorso — propone Beatrice.

— Il pronto soccorso è tuo e anche la cucina.

— Visto? Sembrava che non avessi niente da fare, e invece... — esulta Beatrice.

Inoltre è obbligo per tutti allenarsi ogni giorno a camminare, per un numero sempre maggiore di chilometri. — Soprattutto tu, che ti sei fatto male al ginocchio!

— È quello che mi ha consigliato anche l'ortopedico.

E poi, la regola massima: non bisogna destare sospetti. Da qui al giorno dell'imbarco, comportamento irreprensibile, incontrarsi di nascosto e non parlarne con nessuno. Nessuno!

All'unisono Yusdra e Marco guardano Beatrice.

— Giuro, giuro di non dire niente!

— Altrimenti… — Yusdra le mostra un rotolo di nastro adesivo, altro oggetto utile al viaggio, con cui sarebbe disposta a tapparle la bocca.

Centoquarantasette euro e trentacinque centesimi: è la cassa.

Il pugno di Beatrice contro quello di Marco.

La mano di Yusdra a suggellare il patto, nel segno convenuto.

— Un momento, mi sono dimenticata, scusaaatemi, posso portare l'album e i pennelli?

— Acquerelli nel deserto? Forse è meglio che disegni sulla sabbia, Bea.

23

Armi e bagagli

Beatrice la spunta con i pastelli e l'album.

Marco con un binocolo.

Yusdra non l'ha detto a nessuno, ma porterà Pantoufle, l'orsacchiotto di peluche.

Si preparano i bagagli.

— Come mai il sacco a pelo, Bea? — chiede la mamma.

— Dormiamo in una struttura per studenti.

— E com'è che ce la fanno pagare come un albergo? Oddio! Togli il bagnoschiuma dalle mani di Gaia!

— Sto svuotando la lavatrice!

— Ma lo sta bevendo!

— Che ci fa questo sotto il tuo letto, Marco?

— Questo che?

— Un picchetto.

— Boh. Io odio andare in tenda.

— Con papà ti piaceva moltissimo!

— Con lui, sì.

— Ma tu, ce l'hai con me?
— Dovrei?

A scuola eccedono nella normalità, si frequentano il meno possibile, in modo da non destare sospetti. Anche se a Roberto, nonostante gli occhi incollati allo schermo dell'iPad, non sfugge il cambiamento. Prima, alla campanella dell'intervallo quelle due schizzavano insieme dal banco per raggiungere il-merdoso nel corridoio. Ora, invece, ognuno sta per i fatti propri, come se non si conoscessero.

Un giorno, in classe non ci sono altri, vedendo Yusdra che mangia la sua merendina da sola guardando fuori dalla finestra, la provoca: — Che succede, negra, ti scansano anche i tuoi amici, adesso?

Yusdra prende un profondo respiro, per non rispondergli, per non scatenare la lite, e con un gran sorriso va dritta verso Marco, che sta rientrando in aula, poi sottovoce: — Dobbiamo cambiare tattica, pallone-gonfiato ci sta puntando.

— Ok. Ricominciamo a scriverci bigliettini.

Dal suo banco, dal quale si alza solo per andare in bagno, Roberto studia i movimenti della classe, il testone gli si muove come il periscopio di un sottomarino. Da quando è in questa fase, i tirapiedi lo trattano con soggezione. Deh lo guarda estasiata e gli manda sorrisi, pezzi di focaccia, bigliettini unti. Sull'ultimo c'era scritto: *Lo sai che forse mi regalano un iPad per il mio compleanno?*

E chi se ne frega, sembra pensare lui mentre abbassa le palpebre a mezz'asta, poi si tira su (è sempre più bradipo nei movimenti) e, prima di uscire, butta il biglietto nel cestino. Gli occhi, abituati ai dettagli del piccolo schermo, intercettano nella spazzatura parole scritte su pezzettini di carta strappati: *ok x M nova Nizza.* Si guarda intorno. Nessuno. Si china con fatica, recupera i quattro pezzettini e li mette in tasca. Chiuso in bagno, prova a ricomporre il puzzle: *ok x nova-Nizza M*? Non ha nessuna voglia di risolvere quel rebus cretino, getta nel water e tira lo sciacquone.

La sera prima della partenza l'umore di Yusdra cambia, all'eccitazione si sostituisce un dolore sordo, non le va di essere gentile.

Alla madre, che le chiede di aiutarla a dipanare la lana con cui sta facendo l'ennesima cuffietta, risponde: — Che palle!

Yamìna la fulmina con lo sguardo, poi fa una cosa inaudita. Le assesta uno schiaffo, non forte, ma terribilmente umiliante. Yusdra trattiene le lacrime. Vorrebbe dirle che non gliene importa nulla, tanto lei se ne sta andando via. E non la rivedrà mai più. Lo sanno tutti che non c'è più spazio per la figlia femmina, quando in una famiglia come la loro arriva il maschio!

Vorrebbe urlarglielo, ma tace e sostiene lo sguardo della madre con fierezza, finché lei non le ordina di andare in camera sua.

— Volentieri — risponde. Una volta chiusa la porta, si sdraia sul letto e affonda il viso pieno di lacrime nel cuscino. Se mai ce ne fosse stato bisogno, quello schiaffo è la prova del nove.

Dalla cucina, la madre le urla in arabo (e Yamìna non urla mai): — Quando torna, dico tutto a bàba, così lui, per punizione, non ti fa partire.

Questo non può succedere! Yusdra si asciuga le lacrime e con un enorme sforzo di volontà decide di riparare.

— Scusa. È perché sono agitata, per il viaggio. — E questa è pura verità.

Yamìna le crede. Annuisce silenziosa. — D'accordo. Allora mi aiuti?

Yusdra infila le mani nella matassa e comincia a dipanare, mentre la madre arrotola il gomitolo, sorridendole. — Poi però vai a letto, che domani alzi presto, tu.

Un sorriso che a Yusdra fa stringere il cuore. Tra un paio di giorni, quella donna che vuole escluderla dalla nuova famiglia, quella donna cui non vuole male, ma che non ha mai *veramente* percepito come una madre (una vera madre non ti lascia nove anni facendosi credere morta, senza darti una spiegazione), quella donna soffrirà per lei.

Altra cosa è il padre. Yusdra gli è affezionata e per potersene staccare ha bisogno di odiarlo. Le preferisce il figlio maschio? La fuga della *sua capretta* è quello che merita.

Con una telefonata, Marco avverte Beatrice che è tutto a posto. Si riferisce a certi biglietti, alla mappa della strada che dovranno percorrere per arrivare al molo da cui parte la nave, oltre che ai bagagli e al resto.

È una sera particolarmente agitata anche a casa di Beatrice. I fratellini sono nervosi e nessuno ha tempo di dedicarle uno straccio d'attenzione.

Si lega per l'ultima volta alla testiera del letto. Si addormenta subito e fa sogni complicati in cui la benda si trasforma in una catena e non la lascia partire.

La mattina infila la benda nello zaino, la butterà in mare.

Bacia i fratellini e la mamma. Si ricorda di non aver salutato il padre, uscito presto per il lavoro. Si dispiace moltissimo, ma la madre-sforna-figli la rassicura: — Te lo saluto io e non stare a telefonare, tanto sei con la scuola, noi siamo tranquilli.

Una frase che la fa sentire un verme, ma non si torna indietro. È per il loro bene.

È con lo zaino davanti al cancelletto di casa. Margherita, ancora scalza, viene fuori di corsa e la abbraccia stretta alla vita: — Dormi con Yusdra?

Beatrice annuisce. Margherita sembra rassicurata. — Bene, così questa notte non ti devi legare.

— E tu come lo sai?

Per tutta risposta la sorellina sorride: — Non lo dico a nessuno, promesso. Portami un pesciolino rosso dall'Acquario!

Per fortuna suona un clacson, è il camioncino di Tayeb.

Beatrice si stacca rapida da Margherita e, senza voltarsi, sale. Durante il tragitto tacciono. Yusdra le stringe forte la mano.

La 2F è eccitatissima. Le ragazze si stanno disputando i posti sul pullman.

— Vi faccio nere se vi sedete vicino a me. — È Deh che minaccia le sue amiche. — Deve sedersi *lui*. È chiaro per tutte? — Quelle annuiscono.

Lu è seduta da sola, con il naso e l'apparecchio appiccicati al finestrino appannato. I suoi la salutano come se stesse partendo per un altro pianeta. Dopo un po', sente che qualcuno sta occupando il sedile di fianco. È Oreste.

— Ehm... ciao, posso?

— *Sc*ì.

L'insegnante di scienze continua a fare l'appello, nessuno l'ascolta e poi manca sempre qualcuno.

Roberto è l'ultimo ad arrivare e, snobbando il posto libero accanto a Deh, va a sedersi in fondo negli ultimi posti, tenuti occupati per lui dagli zaini di Giovanni e Nicolò. Da solo occupa due sedili.

Man mano che il pullman si allontana dalla pianura e s'inerpica sull'Appennino ligure, i pensieri di Yusdra, Beatrice e Marco sono totalmente assorbiti dalla nuova avventura.

— Com'è? — chiede Beatrice, seduta accanto a Yusdra.

Yusdra sa che l'amica si riferisce al deserto. — Meraviglioso — risponde con gli occhi sognanti, e già sente la consistenza della sabbia tra le mani.

— No, meraviiiglioooso — la corregge Beatrice. Si sorridono, poi si girano verso Marco, seduto da solo, un paio di posti dietro di loro. Si guardano complici.

24

In fuga

È scarsa l'attenzione di Yusdra, Beatrice e Marco durante la visita all'Acquario, a parte per l'enorme vasca degli squali e per la voracità con cui li hanno visti divorare i pesci più piccoli. L'interessante notizia che gli squali mangiano un giorno sì e uno no è stata registrata con preoccupazione da Beatrice, alla sua prima traversata in mare aperto. Poi i tre si sono concentrati sulla prima parte del piano: allontanarsi non visti dal gruppo. Ci sarà un intervallo di un'ora in cui la 2F potrà mangiare un gelato. Sarà il momento giusto.

Roberto occupa con la sua massa il posto davanti alla cassa della gelateria. Dietro di lui, il resto della classe.

Ha in mano un cono gigante, che già sgocciola. Esce e si spaparanza a un tavolino del bar, appoggiando le scarpe sulla seggiola di fronte.

— Togli quei piedi — gli ordina un cameriere e lo avverte che stare seduto ai tavolini comporta un'aggiunta alla consumazione. Di malavoglia, Roberto si alza. Si gira con indolenza e nota la sua vittima preferita, Yusdra, che accanto a Beatrice conta delle monetine.

— Non hai nemmeno i soldi per il gelato al *cioccolato*?

Gli deve sembrare una gran battuta, perché guarda soddisfatto quelli del suo gruppo, che arricchiscono il commento, come se ce ne fosse bisogno.

Con sguardo fermo, Beatrice tiene a bada Yusdra che, invece, avrebbe voglia di rompergli il muso. Ma non è il momento.

Yusdra si allontana per prima. Poco dopo Beatrice, fingendo indifferenza.

A Roberto non sfugge quel suo modo nervoso di andar dietro all'amica. Rifila dei soldi ai suoi, perché vadano a comprargli un altro gelato al pistacchio e, lentamente, si sposta per non perdere di vista quelle due. Cammina come se fosse telecomandato, la testa un tutt'uno con il busto, le palpebre si stringono su uno sguardo che sembra assente, ma che in realtà è in grado di percepire un ampio orizzonte. Con la coda dell'occhio avverte un certo movimento alla sua destra. Si gira con tutto il corpo e vede il-merdoso salire su un taxi del posteggio. Insospettito, si ferma a guardare. Sul sedile posteriore, Marco sta nervosamente mettendosi in testa un cappellino. Piuttosto strano. Non gli risulta che abbia il permesso di allontanarsi.

Combattendo gli zuccheri di un cervello che ne reclama altri (presto i suoi arriveranno con il gelato al pistacchio e lui ha *terribilmente* voglia di mangiare un gelato al pistacchio), Roberto cerca di capire come possa tornargli utile il fatto di vedere Marco allontanarsi senza permesso su un taxi. Gli viene in mente che se passerà l'informazione alla prof di italiano, che è poi quella che l'ha bocciato l'anno scorso, forse la convincerà a considerarlo sotto una nuova luce e, dato che la sua media a mala pena arriva al cinque, a evitare l'esame a settembre. A un tratto appare Yusdra, che sgattaiola fino al taxi e ci entra buffamente a quattro zampe, infilandosi, anche lei, un cappellino.

Roberto non fa in tempo a capire come questa novità possa incidere ancora di più nella sua trattativa con la prof di italiano, che una terza persona, Beatrice, raggiunge il taxi. E anche lei entra e si infila il cappellino.

Nessun videogioco è mai stato più appassionante di questo.

Come risvegliato da un nuovo interesse, Roberto scatta, si fa per dire, verso un taxi in coda e vi s'infila.

— Segua quel taxi — ordina al conducente, sentendosi il protagonista di un poliziesco americano. Il tassista lo guarda perplesso, ma lui gli sventola sotto il naso una banconota da venti euro.

La scena è bizzarra. Nel traffico, in fila, procedono due taxi. Dentro ci sono dei ragazzini che fanno di tutto per accucciarsi dietro il sedile. I primi tre per non farsi vedere dal mondo intero. Il quarto per non farsi vedere dai primi tre.

Dopo un tragitto relativamente breve, il taxi che trasporta Yusdra, Beatrice e Marco si ferma davanti alla stazione ferroviaria. I tre scendono. Marco paga.

Il tassista del secondo taxi chiede al suo giovane cliente che cosa debba fare.

— Mi aspetti qui — risponde Roberto, che nessuna esperienza nella vita ha mai eccitato tanto.

— Un momento, prima i soldi — ordina l'autista.

Ancora come il protagonista di un telefilm americano, Roberto lascia giù i venti euro senza nemmeno controllare il tassametro. Poi, guardingo, si avvicina all'ingresso della stazione, mentre i tre sono inghiottiti dal buio dell'atrio. Li segue a distanza, scoprendo lo straordinario talento di sapersi confondere tra la folla. Lo-sciccoso, seguito dalle altre due, s'infila nel sottopassaggio che conduce al binario sei. Lo stesso appena citato dall'altoparlante. Da lì sta per partire il treno per Nizza. All'annuncio, d'improvviso Roberto rivede con precisione la scritta su quei pezzettini di carta strappati, raccolti a scuola dal cestino della carta straccia, e risolve il rebus: *ok x Genova-Nizza*. È lì che stanno andando, o meglio, scappando! A Nizza. Un'informazione che per lui vale certamente la sufficienza in italiano.

Con il cuore che gli batte forte per l'emozione e il faccione che gronda sudore, Roberto torna rapido sul piazzale, dove è costretto a constatare che sono scomparsi sia il taxi che i suoi venti euro. L'adrenalina lo sta portando dritto dall'eccitazione alla crisi di panico. Deve rientrare alla base e non sa come. Il corpo fa un giro a 360 gradi senza che gli occhi mettano a fuoco una sola altra vettura libera.

Lo sguardo focalizza, però, un capolinea di autobus. Raggiunge lo spiazzo, dà una scorsa ai cartelli e scopre che il 32 va in direzione del porto, passando anche dall'Acquario dove, non essendo ancora trascorsa del tutto l'ora di intervallo, ritroverebbe la classe e forse farebbe in tempo a mangiarsi un altro gelato, giustificandosi con l'essere stato in bagno. Gli viene in mente che i suoi amici, insospettiti dalla sua assenza, potrebbero chiamarlo sull'iPhone, soprattutto quella Deh che gli sta incollata da quando sono partiti. Spegne il cellulare per non trovarsi nella necessità di doversi giustificare. Sale sull'autobus, inserisce una moneta nel distributore automatico di biglietti e timbra. Si siede in fondo. In pochi minuti il motore è acceso, si stanno per chiudere le porte. Quasi gli viene un colpo quando vede Yusdra, Beatrice e Marco correre come dannati verso la porta ancora aperta! Fanno appena in tempo, prima che il 32 parta.

Perché non sono andati a Nizza?

Perché sono entrati alla stazione?

Che cosa ci fanno sul 32, che li riporta indietro?

Forse ci hanno ripensato, si sono pentiti?

Non è che adesso torneranno, buoni buoni, nessuno saprà niente di quella scappatella e a lui toccherà riparare italiano?

Però... hanno qualcosa di diverso, rispetto a prima. Ah sì, caspita, non hanno più i cappellini, perché?

Ben nascosto dietro un gruppo di tedeschi, Roberto si fa mille domande e quasi perde il conto delle fermate, quando finalmente l'altoparlante annuncia l'Acquario.

Si fa largo tra i passeggeri, spinge, scende, convinto che è ciò che faranno i suoi compagni. Invece li vede rimanere imperterriti a bordo. Risale pestando piedi, schiacciando gente contro ingombranti valigie, riducendo zaini a polpette, attirandosi improperi in tutte le lingue. Ma ormai ha deciso di seguirli fino in fondo, guidato irreparabilmente dalla curiosità e da qualcosa che non si potrebbe definire vendetta ma che, piuttosto, ha a che fare con la rivendicazione.

Star dietro a quei tre che, scesi alla fermata della Stazione marittima, si sono messi a camminare come se stessero facendo la maratona di New York, prima lungo un molo soleggiato, poi giù per una galleria, è impresa che solo la sua caparbietà gli permette di affrontare e, pare, con successo. Infatti, non è ancora schiattato, nonostante si senta molto, molto vicino all'infarto. Ogni sorta di veicoli intasa la galleria, adesso fa ancora più fatica a respirare. Il tragitto percorso finora gli sembra infinito e la cosa peggiore è che ignora quando finirà. È certo che non ha mai camminato tanto in vita sua. Giura a se stesso che mai, mai più gli capiterà ancora una cosa del genere. Questa è l'ultima dannata camminata, il resto della sua esistenza lo vivrà sprofondato nel divano, con i piedi sul tavolino, un'insalatiera straripante di popcorn e il megaschermo acceso su non importa quale canale. La casualità del canale televisivo è l'unica concessione che è disposto a fare alla sua promessa.

È ancora al riparo, nel buio della galleria, quando vede i mezzi incolonnati fermarsi davanti a larghi cancelli. Al di là c'è una banchina che termina con il ponte di un traghetto, del tutto simile a quello della nave su cui, prima che sua madre chiudesse per sempre le persiane della camera, la famiglia s'imbarcava per andare in vacanza in Sardegna.

I veicoli ora sono tutti fermi e disposti in colonne parallele. Scendono molte persone che si sparpagliano in frenetiche attività: toilette, generi alimentari, uffici d'imbarco. Dalla nave arrivano segnali, mentre alcuni marinai assicurano le cime alle bitte e altri aprono i cancelli. Auto, camper, fuoristrada, moto, perfino biciclette cominciano a scorrere lentamente. Camion e mezzi più ingombranti sono fermati fuori dai cancelli. Gli autisti scendono a fumare.

I suoi tre compagni sono più avanti di una ventina di metri. Si aggirano in quella confusione con aria fintamente disinvolta. Da dietro una vecchia cabina telefonica, Roberto può distintamente seguirne ogni movimento…

25

La buona occasione

Fino ad ora, c'era Marco al comando. Lui ha studiato il piano nei minimi dettagli, compresa la finta partenza per Nizza. Per la verità, su quel treno ci sono saliti, ma con uno scopo ben preciso. Marco ha comprato on line i biglietti con la carta di credito di sua madre, la sera prima della partenza. Così, quando i ragazzi saranno "ufficialmente scomparsi", le loro tracce verranno trovate sul computer, ma nella direzione sbagliata. In Francia, anziché in Marocco, sulla terraferma, anziché in mare.

Adesso, ancora fuori dai cancelli d'imbarco, il capo della spedizione è Yusdra, che deve farsi venire in mente un'idea geniale per salire in tre, senza biglietto né documenti, sulla nave che tra poco partirà per Barcellona e, da lì, per Tangeri.

È il momento più delicato. Yusdra deve chiamare a sé tutte le forze conosciute e sconosciute della sua prima vita, le informazioni della sua seconda vita e l'esperienza della sua vita di mezzo, quel viaggio clandestino sul mercantile che l'ha portata in Italia.

Purtroppo non le sta succedendo nulla di simile a quel che era accaduto in una nebbiosa alba di novembre, quando la percezione di un imminente pericolo l'aveva fatta balzare dal letto per andare a trattenere suo padre e salvarlo da un incidente. Nulla di simile. Lo spirito sembra svuotato. Il cervello privo d'immaginazione. La probabilità di essere scoperti, altissima. Inoltre, sente su di sé la responsabilità del gruppo, il peso di aver trascinato i suoi amici in un'impresa che, per lei irrinunciabile, è per loro semplicemente un'avventura destinata, è chiaro, a un epilogo carico di punizioni. Lì, davanti a quella nave, così vicina e irraggiungibile, si chiarisce in Yusdra un motivo ancora più profondo che l'ha spinta a partire, rispetto all'offesa di essere rifiutata a favore del fratellino. È poi così sicura, si chiede, che la manderanno via? È stata davvero obiettiva nel trarre conclusioni da un semplice foglio infilato in una cartellina e letto frettolosamente? Sarà davvero così terribile questa *comunità* di cui si parla? È ancora in tempo a tornare indietro. Insomma, se ci fosse qualche dubbio... potrebbe farlo. Guarda l'orologio: l'ora d'intervallo non è ancora scaduta... forse non se ne accorgerebbe nessuno. "Voglio davvero partire?" si chiede con onestà. E la risposta è altrettanto onesta. "Sì, lo voglio. Perché? Perché voglio che nonna Leyla mi dica la verità." Poi di nuovo il dubbio: "Varrà anche per gli altri?"

— Siete ancora in tempo a tornare indietro, se volete rinunciare.

— Sei fuori di testa?

— Non se ne parla nemmeno.

Non c'è verso, deve condurre con successo quell'impresa da pazzi.

Armati di fischietti, uomini in divisa stanno facendo procedere anche i mezzi più grossi. Gli autisti arabi, Yusdra li riconosce al volo, si dirigono verso i loro veicoli con movimenti lenti e un po' annoiati, che niente hanno a che vedere con la concitazione degli europei. Questi ultimi, infatti, si agitano come se la nave potesse partire lasciandoli a terra, privandoli della loro vacanza, del loro progetto, della loro vita.

In quel diverso atteggiamento, Yusdra riconosce le differenti origini. E sente di appartenere, ormai, a entrambe. Ora, anche lei è immersa nell'ansia occidentale, nella paura di perdere chissà quale gran pezzo di vita. Che sciocchezza, dal momento che *la nostra vita, capretta, non è che un granello di questa sabbia...*

Ma il tempo passa, il tempo occidentale dice "stai perdendo la tua occasione, sbrigati!".

Il tempo del deserto dice "sosta".

— Ho sete — ordina a Marco, che subito intercetta un distributore automatico di bibite e le procura, rapido, una bottiglietta d'acqua.

La stanno trattando con deferenza. Lo stesso atteggiamento con cui la sua gente tratta nonna Leyla quando sta per prendere una decisione importante.

Che errore! "Fanno male a fidarsi di me. Non so come

uscirne, non so che decisione prendere." Si appoggia a un muretto e lentamente stappa la bottiglietta. Questo semplice gesto, questa sospensione nel tempo della paura, le ricorda un giorno di tempesta, quando la sabbia aveva cancellato ogni traccia della carovana che la precedeva. Nonna Leyla le si era buttata addosso per ripararla. — Buona, lascia passare il vento di sabbia. Poi nonna Leyla ti riporterà all'accampamento. Bisogna fermarsi e dare il tempo al destino di offrirti un'occasione perché, se non sei fermo, quell'occasione ti passa davanti e tu non la vedi...

Appoggiata al muretto, Yusdra continua a bere, mentre un'altra immagine le chiarisce le idee: lo sguardo della speranza di Irene e dei fantasmi del reparto oncologico. Ecco che il suo corpo, i suoi sensi sono tesi a percepire la realtà che le sta intorno, a cogliere la sua buona occasione. E la sua occasione arriva, con un odore dolciastro.

Una testa di capelli arruffati ciondola nel vuoto del finestrino della cabina di un vecchio camion. Una testa che emana odore di vino cattivo.

Bisogna agire, prima che i conducenti dei veicoli in coda, soprattutto l'insofferente guidatore del Suv con rimorchio che sta proprio dietro, si mettano a suonare i clacson e lo sveglino.

— Seguitemi!

Bianchi di paura, Beatrice e Marco le vanno dietro come soldatini ubbidienti. Sono sul fianco destro, tra il veicolo e il muretto del piazzale, in uno spazio stretto e riparato da sguardi indiscreti. Con cautela, Yusdra apre la portiera e sale, il tanfo è insopportabile. L'uomo dorme della grossa, ronfa e sbava. Con una certa difficoltà, a causa dello zaino, Yusdra striscia dietro lo schienale del sedile, seguita dagli altri due. Stanno per raggiungere il cassone, quando il fischio dell'uomo in divisa, che sollecita l'autista a procedere, li blocca, facendo gelare loro il sangue nelle vene. Si appiattiscono sul fondo, immobili. Il conducente dà segni di vita e Yusdra comincia a pensare di non aver colto l'occasione giusta, lo fermeranno e lo arresteranno, e per loro sarà la fine.

Al fischio si aggiunge il clacson degli altri camion, ora sì, perfino gli autisti arabi cominciano a perdere la pazienza.

Un colpo alla portiera. Yusdra si guarda terrorizzata in giro, vede una copertaccia sul sedile, l'agguanta e con quella copre sé, i compagni e gli zaini. Appena in tempo.

Qualcuno apostrofa il conducente: — Documenti prego. Documenti. Ehi!

A quel trambusto, il tipo si sveglia del tutto, per quanto rimbambito. Consegna i documenti e farfugliando in spagnolo impreca, è in viaggio da molte ore, è stanco.

Ai ragazzi, che nemmeno respirano più, arriva la voce del controllore che parla alla ricetrasmittente: — C'è qui un tipo ubriaco fradicio, che faccio? Sì, i documenti sono in regola… Ok, ammesso che da qui a Barcellona gli passi la sbornia. Sì, Barcellona… D'accordo. — Poi all'autista che farfuglia improbabili scuse: — Spostati! Il camion lo porto dentro io… Ti avverto, verrà a darti un occhio l'ufficiale della polizia di bordo.

— Seniorsì, *senior* — risponde quello.

— Che cosa trasporti?

— Vuoto. *Me voy a volver*.

— Adesso controlliamo. — E di nuovo alla ricetrasmittente, mentre mette in moto: — Mi avvio, ecco, sto passando il cancello, mi vedi? Mi fermo alla dogana, controlla tu il cassone dietro. Sì, lo imbarco io, il camion.

Yusdra, Beatrice e Marco, aggrovigliati sotto la coperta, non fiatano.

Le operazioni di controllo sono veloci, è stato già speso troppo tempo e sulla nave devono salire ancora altri mezzi. I ragazzi sentono esplorare il cassone e riferire alla guardia di finanza che è tutto in regola. Il camion è vuoto.

Du-du-dun, un sobbalzo. Marco è costretto a fermare il ginocchio con la mano, ginocchio che vorrebbe ritmare: *Du-du-dun, un balzo tra la terra e il mare, du-du-dun, si salpa solo per dimenticare.*

Beatrice si sente cadere come Alice in un pozzo di mistero; Yusdra avverte l'odore della nave. La sensazione che le ruote del camion stiano superando una serie di piccole barriere di ferro conferma in tutti e tre l'idea che si sia finalmente nelle stive. Difatti il camion si ferma e l'ufficiale di bordo viene a prelevare l'ubriaco. Quello tergiversa, vuole prendere la giacca che è sul sedile posteriore. Yusdra e Beatrice si stritolano a vicenda le mani, terrorizzate, Marco si agguanta il ginocchio che balla. L'uomo ha ottenuto il permesso di recuperare la giacca. I tre sentono avvicinarsi l'odore nauseabondo e la mano tastare inutilmente il sedile. Yusdra si accorge che l'indumento è caduto proprio lì sul tappetino, dove corpi e zaini sono incastrati l'uno nell'altro, sotto la coperta troppo piccola. Svelta afferra la giacca e sta per rimetterla sul sedile, quando sente una mano liberarla, l'alito più fetente della terra la investe con un sorriso sdentato, mentre la voce impastata pronuncia con riconoscenza: — *Muchas gracias!*

È finita!

L'ufficiale chiede allo spagnolo chi stia mai ringraziando, e l'uomo farfuglia: — Un *ángel*. Tu hai visto angeli?

— Sì, come no? — risponde la guardia, portandoselo via, mentre l'autista insiste: — *Absolutamente! Un ángel muy especial, negro*... quasi... *es la verdad*... *la verdad*...

— Sì, un angelo nero! Ne hai bevuta di roba, eh!

26

E tu che ci fai?

Si sta muovendo. La nave si sta muovendo.

Dal loro nascondiglio, Yusdra, Beatrice e Marco hanno sentito un gran trambusto. Yusdra ha sbirciato, ha visto i passeggeri scendere, recuperare le borse dai portabagagli, affrettarsi a raggiungere gli ascensori. Ora finalmente non c'è più nessuno.

— È fatta! — esulta.

Si rilassano. Spalancano le portiere. Schifati dalla puzza, si fanno aria. Beatrice batte forte sulla gamba che si è addormentata. Si guardano intorno, adocchiano il giaciglio per la notte. Marco dormirà sul sedile davanti, Yusdra e Beatrice dietro. Non è un granché, ma è meglio del pavimento di ferro della stiva. Si stiracchiano. Si sorridono, hanno fame. Tra un po', quando saranno sicuri che tutto sia veramente tranquillo, saliranno a recuperare qualcosa da mangiare.

ATTENZIONE: TUTTI I PASSEGGERI SONO PREGATI DI LASCIARE IL GARAGE DELLA NAVE, È PROIBITO SOSTARE NELLE ZONE DI PARCHEGGIO.

RIPETIAMO: È PROIBITO SOSTARE NELLE ZONE DI PARCHEGGIO.

LE PORTE DI ACCESSO STANNO PER ESSERE CHIUSE.

I PASSEGGERI CHE NON AVESSERO ANCORA LASCIATO IL PARCHEGGIO SONO PREGATI DI RECARSI ALL'USCITA DI DESTRA E DI SERVIRSI DELLE SCALE O DELL'ASCENSORE.

IL PUNTO DI RITROVO PER LA CONSEGNA DELLE CHIAVI DELLE CABINE È AL QUINTO PIANO, PONTE DI POPPA.

L'annuncio è ripetuto in francese, spagnolo e arabo, e i tre cominciano a capirne le conseguenze. Stanno per essere rinchiusi là sotto.

Restare ore senza mangiare, senza bere, senza fare pipì?

— Sì, ma altrimenti dove ci si nasconde?

— Dove si dorme?

— Siamo in tre, non passeremo inosservati!

— Ci scopriranno.

— Meglio restare qui nascosti, almeno una cosa la possiamo fare di certo: dormire nel camion. Nessuno ci verrà a rompere le scatole…

La discussione è animata.

— Meglio non dormire, piuttosto che non mangiare, non bere, non fare la pipì — decreta Beatrice, che senza pensarci due volte scende dal camion.

Yusdra si precipita giù per cercare di farla ragionare, il garage è più sicuro.

Ma non c'è verso di fermare Beatrice. — Qui non c'è una Giada che ti porta da mangiare — le risponde, mentre corre verso l'unico ascensore ancora in funzione.

— Non perdiamo la calma, per favore. Lo sanno tutti che ci si nasconde più facilmente in mezzo alla folla, che in un posto dove è proibito stare. Ops, abbassatevi, una telecamera in movimento.

Yusdra prende lo zaino e, suo malgrado, li segue. Strisciando dietro le vetture per non farsi vedere dall'obiettivo, i tre arrivano all'ascensore.

Pigiano i pulsanti, che non sembrano dare segni di vita. Provano ad aprire un portello. Niente da fare. Sono in trappola.

Pigiano ancora nervosamente.

Finalmente appare una lucina verde. Adesso è Yusdra che fa gli scongiuri perché le porte si aprano. Quando finalmente l'ascensore arriva, le loro immagini stravolte, zaini e magliette di traverso, si riflettono sullo specchio della parete di fondo.

Marco ha la scarpa destra sul piede sinistro. — Me le ero tolte sul camion per non fare rumore — spiega.

— Fare rumore da fermo?!

— Ma io non sto mai veramente fermo!

Beatrice, camicetta di fuori, ha un segno nero sul labbro superiore, sembra che abbia i baffi. Ha i jeans slacciati: — Mi stringevano...

I ricci di Yusdra, elettrizzati, le formano una corona assurda sulla testa. — Quella copertaccia puzzolente!

Si guardano allo specchio e cominciano a ridere come matti, indicandosi l'un l'altro.

— Schiaccia il pilsante, se no…

— Ah, ah! *Pilsante!*

— Che schifo, io non ci resistevo più, nel camion, con quella puzza!

— Neanch'io! Ah, ah, ah!

— Dove schiaccio? Ci sono dieci piani. Dieci!

— Boh!

— Nove

— No, tre.

— Uno qualsiasi, ma schiaccia!

— Fatto!

Le porte dell'ascensore si stanno chiudendo alle loro spalle mentre ridono come matti davanti allo specchio, quando una manona blocca le ante e un braccio si intrufola nello spiraglio.

Gelo.

I ragazzi si guardano disperati. Marco cerca di sistemarsi.

— Fate finta di niente — sussurra alle ragazze.

Con fatica, forzate dalla manona, le porte si riaprono. Gli occhi si sgranano. Le mascelle cadono. Gli zaini tonfano a terra. I sogni s'infrangono. Tre voci balbettano: — T-Tu qui?

Il faccione di Roberto annuisce lentamente, il collo immobile incassato nelle spalle, le pupille si spostano da destra a sinistra, come il mirino di un mitragliatore.

— Dov'è il bar?

Molti piani in su e in giù. Molti tasti pigiati, stop, partenza, di nuovo stop.

— Fermo! L'allarme no!

Molta concitazione, finché in tre riescono a far capire a pallone-gonfiato che ormai non c'è più niente da fare, la nave è partita. Non ci sarà modo di tornare indietro a fare la spia.

— Partita per dove?

— La città di Barcellona ti dice qualcosa?

— Barcellona, Spagna?

— Quella.

— Ma voi non dovevate andare a Nizza, in Francia? Perché fate segno di no, Qui-quo-qua? Perché alzate le spalle, Qui-quo-qua?

Il modo di Roberto di avere una crisi isterica sarebbe anche divertente se Qui-quo-qua non fossero chiusi in un ascensore e non avessero paura di uscirne cadaveri.

Se è possibile, gli si gonfiano ancora di più le guance, le palpebre gli diventano due palloncini. Soffia dalla bocca e dal naso come un drago, emettendo una specie di grugnito, ma la cosa più buffa sono i piedi, che pesta a terra alternativamente come se stesse facendo una marcia sul posto. Faccia, collo, braccia, polpacci (indossa un paio di pantaloni a metà gamba che lo rendono ancora più ridicolo) fin dove si vede la pelle diventa viola. Quanto ai capelli, ci pensa il gel a tenerglieli dritti in testa. Le braccia cominciano a mulinare in aria e i pugni a stringersi e ad aprirsi. La mano destra afferra la sinistra e scrocchia le nocche con un rumore che fa tremare i denti di Qui-quo-qua. Sono certi che riuscirà a dare contemporaneamente un pugno in testa a ognuno di loro, pur avendo solo due mani.

Ma Roberto non lo fa. Prima si sgonfia, poi stringe la mascella, mentre porta il braccio destro lentamente dietro il corpo...

"Oddio non mi dà un pugno in testa, ma sullo stomaco."

"Oddio non mi dà un pugno in testa, ma in piena faccia."

"Oddio non mi dà un pugno in testa, ma sulle palle."

"Oddio ha una pistola!"

La mano invece raggiunge la tasca posteriore dei pantaloni al polpaccio e cerca disperatamente qualcosa.

— L'iPhone! Il mio iPhone!

Poi l'enorme schiena comincia a sussultare.

"Adesso si trasforma in un mostro e *mi* sbrana." Yusdra si fa piccola, e anche gli altri. Invece Roberto, entrambe le mani appoggiate alla parete dell'ascensore, incassa la testa nelle spalle e sbuffa come un mantice, sembra quasi che stia male.

Svelta, Yusdra ne approfitta e pigia un pulsante. Le porte si aprono, lei gli sfila di fianco.

La segue Marco.

Beatrice passa in mezzo alle gambe allargate di Roberto.

Sono fuori tutti e tre. Le porte si chiudono.

— Gli zaini! Sono rimasti dentro!

— Ho qualcosa di più importante! — Nella mano destra Yusdra mostra l'iPhone di Roberto.

27

Trattative

La coppa di gelato dentro cui Roberto affonda il cucchiaio è costata a Marco una cifra esagerata.

Beatrice sgranocchia patatine a gogo. Yusdra tiene in ostaggio l'iPhone. Roberto non è disposto a mediare con "l'africana". È, suo malgrado, costretto a trattare con il merdoso.

Marco esibisce un'oratoria degna di un avvocato, e non c'è da meravigliarsi: suo padre era un avvocato.

Non si sa come, ma si è dotato di una penna con cui ipnotizza lo sguardo orizzontale di Roberto. Espone le sue ragioni come se la questione non lo riguardasse direttamente. A parte la *erre* e, a tratti, le chiazze rosse in viso, non sembra più nemmeno lui. Non ce l'ha, ma è come se indossasse la cravatta sulla camicia bianca.

— La questione qui si pone in questi termini: Yusdra ha il tuo iPhone. Tu hai delle informazioni. IPhone contro informazioni, solo che la prima cosa serve a diffondere la seconda. Come pensi di risolvere il problema?

— O me lo ridà, o me lo ridà.

— Altrimenti?

— Mi alzo e le spacco la faccia.

— Ma le donne non si toccano neanche con un fiore.

— Allora la spacco a te.

— Plausibile. Ma tutti ti vedrebbero. Come glielo spieghi, all'ufficiale di bordo, che non hai né il biglietto né i documenti? Che sei entrato clandestino infilandoti nel gommone trainato da un Suv?

— Gli dico che è colpa vostra. — E giù una cucchiaiata di gelato. — Che l'ho fatto per seguire voi. — Una macchia di cioccolato gli si spande sulla felpa.

— Immagina la scena: io con la faccia tutta insanguinata, perché lo sai che non sarei in grado di difendermi dalla tua forza bruta — sorriso soddisfatto sul faccione di Roberto — e tu gli dici che è colpa mia! Non funziona così, non credono mai al carnefice, ma alla vittima.

— Allora non ti spacco la faccia, chiamo l'ufficiale e spiffero tutto. — Roberto si lecca le dita imbrattate.

— Giusto. Questa è la soluzione intelligente. Ed è per questo che noi non ti ridiamo il cellulare. Ragazze, lasciamogli consumare in santa pace la sua merenda. Su, andiamo a nasconderci. Muovetevi normalmente, nessuno deve sospettare di noi.

In un baleno sono in piedi, sfilano accanto a una famiglia spagnola piena di passeggini e borse da bagno e spariscono dietro il bar che si apre sul solarium della piscina.

Sbuffando, Roberto è costretto ad alzarsi e a lasciare, a malincuore, la coppa di gelato ancora piena, per seguirli.

La mano lesta di Beatrice, spuntata da chissà dove, agguanta la coppa e il cucchiaio. Poi, seduti a terra sulle scalette del ponte superiore, in mezzo a un gruppo di ragazzini che aspettano ansiosi l'apertura della piscina, i tre si passano il gelato di Roberto, con l'unico cucchiaino che Marco ha pulito, si fa per dire, con un lembo della maglietta.

— E adesso? Mica possiamo giocare a nascondino per tutta la traversata — dice Beatrice.

— Prima finiamo il gelato, poi ragioniamo — risponde Yusdra.

— Io avrei un piano.

Due sono i posti dove trovare Roberto: davanti a uno schermo o davanti a un piatto di non-importa-che-cosa.

Trovarlo e neutralizzarlo o nascondersi da lui?

La discussione è accesa.

Quand'anche l'ingombrante elemento tacesse la loro presenza clandestina sulla nave, che fare di lui, una volta a Barcellona, primo scalo, o addirittura Tangeri, destinazione finale?

Come convincerlo a tornare indietro senza che spifferi tutto? Mal lo sopportano come compagno di scuola, figurarsi come compagno di viaggio.

Più di tutto, Yusdra si chiede perché Roberto li abbia seguiti.

— Semplice: per il gusto di rompere le scatole. Il suo sport preferito — risponde Beatrice.

— Che senso ha, fare la fatica di infilarsi in un gommone, che poi... come avrà fatto a starci sotto il telone, lo sa solo lui.

— Un parabordo gigante...

— ... Insomma, perché rischiare di essere preso, quando sarebbe potuto semplicemente tornare all'Acquario, una volta che ci aveva visto, e fare il suo mestiere, la carogna, raccontando tutto ai professori... Io non capisco!

Marco alza le spalle: — Forse si annoiava.

— Magari gli si è scaricato l'iPad con i videogiochi, vive solo di quelli, ormai.

— I videogiochi! Giusto. Brava Bea. Gli sarà sembrato di essere addirittura *dentro* un videogioco. Ma allora... — Yusdra si blocca, spaventata da quel che sta pensando.

— Allora cosa, Yusdra?

— Se uno, voglio dire, se uno scappa in una realtà virtuale ed è quello che lui fa dalla mattina alla sera, e poi invece si trova in una realtà vera, insomma se fa confusione tra le due cose... vuol dire che... — L'indice picchietta la fronte, come a dire che è pazzo. — Siamo fritti!

— Difatti lo volevano rinchiudere.

— Rinchiudere dove?

— In una comunità rieducativa.

— La stessa dove metteranno noi, appena ci trovano.

Cala il silenzio.

Yusdra è molto preoccupata.

Beatrice guarda con occhi velati di lacrime i ragazzini che si agitano al bordo della piscina, e che le ricordano i suoi fratelli.

Quanto a Marco, nave, Marocco, deserto, Città della Sapienza, comunità, perfino carcere minorile, qualsiasi cosa pur di stare lontano da casa... La Liguria che si allontana all'orizzonte gli mette il cuore in pace.

Tutti e tre sono assorti.

Improvvisamente Yusdra ha un lampo: non c'è dubbio, se Roberto è con loro, su quella nave, dev'essere perché anche lui ha un motivo. Non si fa una cosa tanto grave senza un buon motivo.

— Oh no...

— Oh no, cosa, Yusdra?

— Vuole scappare anche lui!

— Con noooiii? — Beatrice sgrana gli occhi.

— Con noi! — conferma Yusdra, con furore.

— Con noi... — si rassegna Marco.

— Chiudete il becco, Qui-quo-qua.

È lui.

28

I bambini adottati pagano per conto loro

— Ci noteranno, prima o poi.

"Sì, noteranno solo te, con quel panzone" pensa Yusdra e incrocia gli sguardi complici degli altri due.

Invece Roberto la sorprende con un'osservazione tanto ovvia, quanto acuta: — Siamo gli unici quattro senza famiglia, ognuno di noi deve scegliere *la sua* famiglia.

— Ancora famiiigliaaa? — chiede sbalordita Beatrice.

— Tu, morettina, come ti chiami?

— Beatrice, perché non lo sai?

Roberto alza le spalle. — Per me puoi anche chiamarti Genoveffa, comunque guardati: non sei tanto alta, sei piena di denti, scegliti una famiglia di bassotti che sorridono sempre come cretini.

— Ehi! Io non sceglierò una famiglia di cretini!

Roberto sbuffa con aria di sufficienza. Lo sguardo periscopio ruota ora su Marco. — Tu, invece, trovati gente alta, bionda e con la puzza sotto il naso, proprio come te. — Poi, senza mai guardarla negli occhi, a Yusdra che stringe le labbra con aria agguerrita:

— E tu, scegliti una famiglia del tuo colore — dice.

La risposta parte come una saetta. — La differenza tra me e te è che una famiglia di bianchi mi adotterebbe subito, a te, invece, una famiglia del mio colore ti caccerebbe a calci nel sedere.

— Io ce l'ho già, una famiglia. — Roberto è punto sul vivo.

— Quella da cui sei scappato?

Colpito e affondato.

Roberto sbuffa come un rinoceronte contro Yusdra e, questa volta, la guarda negli occhi.

— Se pensi di farmi paura… — lo sfida lei.

— Prima o poi faremo i conti, noi due, Africa.

Yusdra scuote la testa sorridendo: — Non vedo l'ora, Lombardia!

È l'unica che sa dov'è nascosto l'iPhone. Ridacchia.

Marco cerca di sciogliere la tensione. — Scusa, Roberto, supponiamo che anche tu trovi una famiglia extralarge, voglio dire ehm… adatta alla tua taglia, che ci facciamo con tutte queste cavolo di famiglie?

— Ci mettiamo in coda per andare a prendere da mangiare, cerchiamo di scambiare quattro chiacchiere con loro…

— Con i nostri finti frateeelli? — sgrana gli occhi Bea.

— Be', roba tipo: passami il sale. Almeno mangiamo, visto che non possiamo infilarci nelle loro cabine per dormire. Tutti penseranno che facciamo parte di quella famiglia e nessuno ci romperà le scatole.

— Geniale! — esclama Marco.

Yusdra si gira verso di lui e lo fulmina con lo sguardo.

— Be', dobbiamo ammettere che, come piano, non fa tanto schifo. — Poi, visto che Yusdra continua a incenerirlo, Marco cerca di smorzare l'entusiasmo. — Mi sembrava… almeno…

— Zitto! — Dar credito a quel pallone gonfiato! Lo sapeva, Yusdra, che ne sarebbero arrivati guai.

— Ma pagano loro alla cassa, vero? — s'informa Beatrice sorridendo all'idea.

— Ecco, questo lo eviterei, se non vogliamo addosso tutta la polizia di bordo — commenta secca Yusdra.

— Allora non si può fare.

— Perché non si può fare, come-hai-detto-che-ti-chiami?

— Non si può fare perché io-che-mi-chiamo-Beatrice non ho soldi e non posso pagare alla cassa.

— Ma qui c'è un gentiluomo. — E, beffardo, Roberto indica con il mento Marco, che pronto ribatte: — Due. Due gentiluomini.

— Allora io pago per… come-hai-detto-che-ti-chiami? E tu paghi per Africa. Avete fame Qui-quo-qua?

I tre si guardano e… sì, le espressioni sono eloquenti. Hanno fame.

Il ragazzino biondissimo che sta facendo scorrere il vassoio sulla mensola del self-service (è stato scelto il ristorante meno caro) davanti a Yusdra ordina hamburger e patatine fritte. Quando tocca a lei, al cameriere che le chiede che cosa voglia risponde in francese: — Uguale a lui.

Il ragazzino si volta e le sorride. Accidenti, è bellissimo. Ancora più bello di Marco. La sorellina più piccola del ragazzino (una sorella autentica: è del tutto identica a lui!) gli salterella allegra davanti. Due specie di vichinghi, devono essere i loro genitori, non sono per niente preoccupati di che cosa i figli mettano nel vassoio. Una vera pacchia.

Yusdra, incollata alla "sua" famiglia, si serve di senape, ma non trova il ketchup. Il ragazzino ne prende un po' dal proprio vassoio e glielo sparge sulle patatine, ne agguanta una intinta nella salsa rossa, se la mette in bocca con gusto, poi porta l'indice alla guancia, come a dirle: buona! Anche Yusdra ne assaggia una che cola ketchup da tutte le parti e gli restituisce il sorriso, leccandosi le dita. Pagherebbe oro per essere vista proprio in questo momento da pallone-gonfiato, che invece sta facendo la fila a un'altra cassa. Vedendola così in confidenza con il ragazzino biondo, il cassiere include anche il menu di Yusdra nel conto. Al che papà vichingo aggrotta la fronte e contesta, pagherà solo quattro menu.

"Sono fritta!" pensa Yusdra, mentre il cameriere si scusa e la guarda perplesso.

— Noi bambini adottati dobbiamo pagare per conto nostro. Quant'è? — taglia corto lei.

— Quattordici euro — risponde l'altro, per niente convinto, ma nemmeno abbastanza incuriosito da indagare ulteriormente. La fila è lunga e, per fortuna di Yusdra, la cosa non sembra riguardarlo più di tanto. La sua espressione è eloquente: paga, ragazzina, e togliti dai piedi.

Yusdra deglutisce, quattordici euro è una cifra esagerata. Non può certo spendere così alla leggera i risparmi di Marco! Né accendere polemiche restituendo un piatto già smangiucchiato. E poi *vuole* quelle patate. Usa dieci euro di Marco e per il resto raccatta tutte le monetine che trova nel portamonete, o sparse nelle tasche. Il cameriere aspetta impaziente. Una volta pagato, Yusdra cerca di rincollarsi alla famiglia degli svedesi che, però, è scomparsa chissà dove. Mentre è in bella vista il testone di Roberto chino su una pastasciutta gigante, seduto da solo a un tavolo vuoto.

"Piuttosto che sedermi vicino a lui, mi butto in mare."

Compaiono tra i tavoli Marco e Beatrice, che hanno un vassoio molto più modesto del suo. Yusdra è assalita da un gigantesco senso di colpa, mentre sente Beatrice dire a una signora con una voce da orfanella: — I nostri genitori ci hanno detto di aspettarli qui…

Tutti gli altri posti sono ormai occupati.

Di malavoglia, Yusdra è costretta a sedersi accanto a Roberto che, istintivamente, circonda il piatto con il braccio sinistro, come a proteggerlo.

— Hai paura che te lo rubi?

Per tutta risposta, lui allunga la mano nel piatto di Yusdra, agguanta una manciata gigante di patatine e le ingurgita.

Sul ponte di prua tira un vento micidiale.

L'unico che riesce a stare in piedi, senza doversi aggrappare a qualcosa, è Roberto. Marco fa paura, sembra debba volare via da un momento all'altro, fortuna che lo zaino e i due sacchi a pelo lo ancorano. Yusdra e Beatrice, aggrappate l'una all'altra, procedono curve sotto il peso delle raffiche e degli zaini. Stanno cercando un posto in cui passare la notte.

Dopo molti tentativi, trovano un portellone aperto. Entrano, accolti da un'aria condizionata gelida e assurda.

È il pianerottolo di una scala laterale.

A terra, un paio di materassini, addirittura una brandina da campeggio, con gente che ci dorme sopra. Insomma i passeggeri che, proprio come loro, non hanno né cabina, né poltrona.

"Perfetto, c'è posto *solo* per tre!" pensa Yusdra, che ha adocchiato un angolino sotto la scala e che, così, pensa di aver fatto fuori il quarto incomodo. Poi a Beatrice: — Tira fuori il sacco a pelo.

— Qui? Dormiamo qui per terra, come barboni?

— Vedi delle camere d'albergo a cinque stelle? Dai, sbrigati.

— Calmati, Yu!

— Shhh! — fa segno Marco. Ci manca che sveglino gli altri.

Yusdra gli sussurra di mettere l'allarme al suo orologio, ma non troppo forte. Devono svegliarsi prima che qualcuno si accorga di loro, e dormire con le teste nei sacchi a pelo, solo così saranno veramente irriconoscibili.

Marco annuisce, programma l'orologio, poi srotola il

suo sacco a pelo, estrae dallo zaino quello che ha portato in più e lo passa a Yusdra.

Roberto si è seduto sui gradini. Si è preso la testa tra le mani ed è lì immobile. Come uno strano essere abituato a dormire seduto.

Yusdra stende il sacco a pelo.

Sono stanchi e nervosi.

Si sdraiano uno vicino all'altro. Il pavimento è durissimo e non avere un cuscino è scomodo. Sistemano gli zaini sotto la testa. Dopo un po', Beatrice chiede a Yusdra di spostarsi più in là, Marco continua a muovere il ginocchio e le dà fastidio.

Nessuno dei tre riesce a dormire, e ogni tanto a turno sbirciano la sagoma di Roberto, la cui testa crolla in mezzo alle ginocchia. Una luce di servizio fa stagliare la sua ombra sulla parete. Difficile dimenticarsi che di tutti e quattro è lui il più scomodo.

Fa un freddo assurdo. Yusdra rovista nello zaino e ne estrae una maglia. Mentre se la infila, con la coda dell'occhio vede Marco che continua a rigirarsi.

Anche Beatrice di fianco a lei ha piccoli sussulti. Yusdra rimette le mani nello zaino, tira fuori l'orsacchiotto di peluche e glielo infila nel sacco a pelo. Beatrice le prende la mano e gliela tiene stretta, costringendola a tenere fuori il braccio, che difatti si sta congelando. Allora cerca di sfilare adagio la mano ma Beatrice le si aggrappa di nuovo. Passano minuti che sembrano ore, ritmate dal rullio della nave e dal respiro degli altri passeggeri.

Rumori.

È Marco che sta uscendo dal suo sacco a pelo.

Yusdra socchiude gli occhi e lo vede procedere a quattro zampe fino a Roberto che, a causa del movimento della nave, sbatacchia contro la ringhiera della scala. Marco gli tocca leggermente la spalla con un dito. L'altro non dà segni. Allora lo scuote con tutta la mano. Roberto sobbalza spaventato.

— Sono io, Marco — gli sussurra all'orecchio. — Facciamo dei turni con il mio sacco a pelo. Ti va?

Roberto si guarda intorno, spaesato. — Dove siamo?

— Sulla nave che va prima a Barcellona, poi a Tangeri.

— E quando arriviamo?

— Dove? Dove vuoi arrivare?

Roberto alza le spalle. Trema di freddo. — Non lo so — risponde.

— Intanto sdraiati nel mio sacco a pelo, dai. Dormi un po'. Io vado fuori a fumare, ah, ah… scherzavo.

Roberto si alza e si lascia accompagnare come un bambino fin nel sacco a pelo. Poi guarda Marco con un'aria mogia che Yusdra non gli ha mai visto: — Dici che *io* lì dentro ci sto?

— Hai voglia! Ci ho dormito con una coccinella, al campo scout!

— Davvero? — L'altro sembra risvegliarsi all'improvviso. — E come…

— Nel senso dell'insetto… ah, ah, ci sei cascato!

Yusdra si gira dall'altra parte schifata. Marco è un cretino. Dar retta a quell'imbecille! Offrirgli addirittura il sacco a pelo. Ma non lo capisce che è un intruso, una palla al piede? Una carogna pazza che manderà a monte i loro progetti? Marco e la sua buona educazione: che vadano a quel paese!

Leyla balza di colpo a sedere sul suo giaciglio. Una frase, un brandello di sogno non ancora del tutto lasciato alla notte, si forma come fosse scritta da una mano invisibile. A mezze labbra, occhi ancora chiusi, la legge: — Sta crescendo all'ombra, presto diventerà smorta e dimenticherà la gentilezza.

Una figlia le si avvicina e le chiede se si senta bene.

Leyla apre gli occhi. Ora è sveglia. — Domani ci mettiamo in marcia.

— Come sempre.

No, non come sempre. Leyla sa che è venuto il momento di puntare dritto a sud-ovest, alla Città della Sapienza.

Yusdra non ce la fa a fingere di dormire, con Marco rannicchiato sulla scala, le ginocchia che sbattono. Apre con rabbia la cerniera del sacco a pelo. Ne esce rapida e dice a Beatrice: — Fammi posto!

L'amica sorride da un orecchio all'altro e apre la cerniera.

Allora Yusdra indica a Marco il sacco a pelo vuoto. — Dai — gli dice — io dormo con Beatrice, così non va in giro sonnambula ad ammazzare bambini.

Marco entra nel sacco a pelo che Yusdra gli ha lasciato.

Finalmente si addormentano tutti e quattro, cullati dal rullio della nave e dal lieve russare di Beatrice.

29

Ore

L'iPhone di Roberto è ancora lì, nascosto dietro un cartello con scritto in diverse lingue PUNTO DI RITROVO.

Yusdra è un mago in questo genere di cose, sa nascondere qualsiasi oggetto proprio dove nessuno lo andrebbe a cercare. Una qualità che ha imparato nella sua vita di prima. Vivere in una tenda, con una miriade di bambini che mettono mano ovunque, in un continuo fare e disfare bagagli, arrotolare e srotolare tappeti, lane, teli, incastrare utensili, riporre e trasportare con cura pochi indispensabili oggetti, cibi e acqua, aguzza l'ingegno.

Addenta una brioche, con le spalle appoggiate al cartello. Un panorama ricco di possibilità catastrofiche le sfila davanti.

"Restituisco l'iPhone a Roberto, che chiama i suoi perché vengano a riprenderlo e segnala la nostra presenza sulla nave: noi siamo fregati; gli restituisco l'iPhone, ma senza la sim, così non può usarlo: lui si rivolge alla polizia e io sono colpevole di furto. Io sono doppiamente fregata e poi come cavolo si toglie la sim dall'iPhone? Tengo in funzione l'iPhone, ora che non c'è campo, finché si scarica, in modo che nessuno possa identificarci, glielo restituisco inutilizzabile così lui è fregato; non è vero, va da qualcuno che ha il cavetto e lo rimette in carica: fregati noi; scende a Barcellona, la polizia lo blocca in dogana, perché è imbranato, lui spiffera: fregati; resta sulla nave fino a Tangeri, è troppo grosso, dà nell'occhio, lo notano in dogana, prima di rispedirci in Italia su una nave militare, ci mettono pure in galera là, che non è proprio come una comunità di rieducazione: super fregati; resta sulla nave fino a Tangeri, riusciamo non so come a fargli passare la dogana, Malika avrà pensato a uno stratagemma, qualcosa, per farci scendere e farci arrivare nel deserto... Averlo con noi nel deserto? Aiuto! È peggio che essere fregati, è un incubo!"

Non se ne esce.

In ogni caso, non c'è che da aspettare che venga lui allo scoperto.

Poi pensa di nuovo all'iPhone. "Per il momento tu resti qui, dietro il cartello PUNTO DI RITROVO."

Ore a giocare a carte. A balzare su al minimo movimento sospetto e disperdersi. Pochi secondi per far fuori, in tre, un unico pacchetto di patatine e tre coni gelato. Roberto è lì vicino e ingurgita schifezze, tutta roba che si è pagato per conto suo.

Ore a cercare di dimenticare la famiglia e a sentirsi in colpa.

Ore.

E Roberto non viene allo scoperto, non dice se scenderà a Barcellona, non chiede indietro il suo iPhone, non si strappa i capelli per il fatto di non avere a portata di mano un videogioco, non corre nemmeno nella saletta tv, e non solo perché si è deciso di stare lontani dai luoghi dove le facce di tre, anzi quattro ragazzini scomparsi, rimbalzeranno in primo piano da un telegiornale all'altro.

Roberto sta lì vicino a loro: guarda imbambolato il mare.

Yusdra guarda imbambolata il mare.

Beatrice guarda imbambolata Yusdra che guarda il mare e non parla.

Marco ha smesso di sbattere le ginocchia. Sfoggia un paio di occhiali da sole. Non si capisce se si stia annoiando, astraendo, sognando, interessando.

Se sia isolato nei suoi pensieri, o se sia con loro.

Poi, all'orizzonte, una linea scura e in movimento. La terra! La nave comincia a risvegliarsi, i passeggeri a spostarsi dalle cabine, dai bar, dalla sala tv, dai ristoranti, dalla piscina, verso i ponti di prua: eccola, eccola! Manco fossero su una delle tre caravelle!

E man mano ci si avvicina, ci si muove di più, ci si agita con una comune eccitazione. Gruppi si accorpano sui ponti laterali, come se stesse per succedere qualcosa di molto speciale.

— Venite a vedere! — urla Marco, facendo segno di avvicinarsi a lui, sguardo fisso alla fiancata.

Sette piani sotto di loro, giù, sul mare, una minuscola barchetta dai bordi gommosi e stondati che la fanno assomigliare a una paperella da vasca da bagno si sta affiancando alla nave. Le naviga parallela, alla stessa velocità.

Incastrati tra le scialuppe di salvataggio e la ringhiera del ponte del settimo piano, i quattro guardano giù.

Quell'affiancamento li rapisce e li affascina. Come mai una barchetta così piccola non è risucchiata dalla scia della nave? Perché rischia tanto? Che cosa ci fa, lì? Perché così vicina?

A un certo punto Yusdra dà sostanza al peggiore dei suoi incubi: — È la polizia, stanno venendo a prenderci! — Afferra lo zaino e sta per filarsela, solo lei sa dove.

Effettivamente la barchetta ha un che di militare.

— Ma va' — dice Roberto. E sono le sue prime parole, in ore di silenzio. — È la pilotina.

— Cheee?

Dopo qualche minuto, la barchetta accosta la nave, fin quasi a toccarla, in un punto della fiancata destra di poppa. I fiati sono sospesi, che cosa sta per succedere? E come? Le due imbarcazioni procedono quasi sfiorandosi, senza che nessuna delle due rallenti. Dalla piccola esce un uomo in divisa bianca.

Yusdra sussulta, non è così convinta della spiegazione di Roberto.

Marco la rassicura: — È il pilota che ci fa entrare nel porto.

La barchetta ora tocca letteralmente la fiancata della nave, il tempo per il pilota di afferrare una scaletta di corda che penzola dall'alta fiancata. Un tempo cortissimo, dopo tante ore di attesa, non pare neanche un secondo. L'uomo in divisa salta dalla piccola barca alla scaletta. È issato. Agile, risale.

Molte teste si sporgono dai vari ponti per guardare quel numero da acrobata.

La divisa bianca scompare dentro un portello aperto.

Durante tutta la manovra, la nave non ha rallentato.

— Di un solo nodo! — si sente commentare da qualche esperto.

Scoppia un applauso, e molte mani salutano la pilotina che si allontana.

Poi cominciano le comunicazioni ai passeggeri che scenderanno a Barcellona di abbandonare le cabine, e si avvertono l'agitazione e la frenesia dello sbarco.

Marinai con ricetrasmittenti corrono a prua, l'enorme catena dell'ancora si srotola con gran rumore. Ormai nel porto, la banchina si avvicina sempre di più. Altri marinai preparano le cime da gettare a terra, dove squadre di uomini, scesi da vari furgoncini, si allineano intorno alle bitte.

Yusdra, Beatrice e Marco si guardano preoccupati: che intenzioni avrà Roberto?

Occhi fissi all'orizzonte, Roberto ha il respiro affannato. Molto affannato.

— Ci parlo io — sussurra Marco alle due amiche. — Voi

andate a farvi un giro, meglio che non s'innervosisca.

Respiro sempre più affannato. Si direbbe che non riesca proprio a prender fiato.

Marco tira fuori di tasca un fazzolettino di carta: — Tieni, da questa parte è pulito.

Roberto, volto paonazzo e naso che sembra lì lì per esplodere in uno tsunami di starnuto, minimizza: — È solo un po' d'asma.

— Asma? Non sapevo che ne soffrissi.

L'altro alza le spalle.

— E c'è qualcosa che… non so, un'aspirina. Ce l'ho.

— Ci vogliono gli antistaminici.

— Mi dispiace, ma quelli non…

— Dice che al caldo passa. Caldo secco. Dice il medico. Voglio dire.

— Ah, ecco! E immagino… insomma, riguardo ai discorsi che abbiamo fatto ieri, cioè, voglio dire anch'io, forse… ehm… per il tuo iPhone, sai… siamo stati costretti dagli avvenimenti, altrimenti noi: mai! Ci conosci, no?

— Dove hai detto che va?

— Chi?

— Eh, mia nonna! — Respira male ed è scocciato.

— Ah già, scusa, la nave. Intendi dopo Barcellona?

Un rantolo e un mugugno di assenso.

— Tangeri. Sì, Tangeri.

— Cioè?

— Marocco.

— Marocco, Africa?

Marco annuisce con un sorriso, finalmente risposte facili.

— Cioè caldo secco o umido?

— Secchissimo, c'è il deserto!

— Va bene, merdoso, mi hai convinto!

— Sarebbe?! — Marco sgrana gli occhi allibito, teme d'averla fatta grossa...

— Sarebbe che andiamo in questo cavolo di deserto. Clima secco, è il posto giusto per guarire. Ma fa' bene attenzione... — e di colpo il suo braccio, quello che sgancia il potente destro, si allunga cattivo verso Marco, il pugno si stringe intorno alla felpa, proprio sotto la gola, lo acchiappa e lo solleva di qualche centimetro. — Fa' bene attenzione, adesso tu mi dici perché ci volete andare anche voi! — Poi, quasi imbarazzato, lascia la presa e la manona impacciata prova a rimettere a posto la felpa di Marco che, ancora incredulo, dice a se stesso che gli toccherà subire da Yusdra tutto quello che ha scampato con Roberto, quando le racconterà come sono andate le cose.

Sulla banchina omini in fila trascinano la cima della nave fino alla bitta, come formiche laboriose.

Eh sì, l'ha fatta grossa.

30

Meno ventiquattro

Ancora ore, prima di arrivare.

Ventiquattro.

Ore in cui Yusdra dovrà spiegare a Roberto perché lui non può andare con loro.

Ore in cui dovrà immaginare un piano per scendere dalla nave con i suoi amici senza essere intercettati.

Per passare la dogana senza finire in galera.

Per essere libera…

Che cos'è la libertà, nonna?

La libertà è camminare. Solo quando cammino mi sento libera, libera come uno sguardo.

Solo che, più passano le ore, più la nave della libertà diventa una trappola.

Roberto non si accontenta di spiegazioni superficiali, vuole sapere tutto nei minimi particolari. È pignolo e terribilmente curioso.

Per esempio: perché sono andati alla stazione, prima di avviarsi verso il molo?

Marco risponde con un certo orgoglio che quella parte del piano l'aveva pensata lui, serviva a depistare le ricerche. È quasi sicuro che i giornali italiani stiano raccontando che i ragazzini scomparsi della 2F sono probabilmente in Costa Azzurra. È per quello che ha acquistato in rete i biglietti.

— Sì, ma perché andare alla stazione?

— Perché noi ci siamo saliti davvero su quel treno — spiega compiaciuta Beatrice. — Ci siamo fatti notare, abbiamo perfino lasciato cappellini, bottigliette d'acqua e anche un po' di briciole sul sedile!

— I cappellini, già! — Roberto si ricorda le manovre che ha visto fare in taxi a quei tre.

— Abbiamo fatto di più, abbiamo "dimenticato" lì un cellulare acceso!

— Nooo!

— Eh sì, così le ricerche vanno in quella direzione, almeno finché non si scarica del tutto... Ecco, più o meno a quest'ora dovrebbe essere già successo.

— Cioè, hai lasciato sul treno il tuo fighissimo BlackBerry??!!??

— Figurati, ne ho usato uno che tenevo di scorta... con dentro la mia sim, però.

— Un momento: non è che volete fare la stessa cosa con il mio iPhone?

— Be', veramente noi... — si lascia sfuggire Beatrice.

Yusdra la fulmina con uno sguardo.

Roberto sta per essere preso da un nuovo attacco di asma.

— Tranquillo, non te lo scasseremo — lo rassicura Yusdra. — Solo, dobbiamo impedire che sia usato. Altrimenti ci intercettano. Ti è chiaro, adesso?

— Quello che non mi è chiaro è perché siete qui.

— Negativo. Non possiamo farlo, il gioco della verità. Non ci fidiamo di te — gli chiarisce le idee Yusdra.

— Ormai sono in ballo anch'io.

— Bene, allora vedi di ballare senza pestare i piedi agli altri, perché al tuo Paese sarai anche uno che picchia duro, ma al mio, picchia duro la natura. E quel che resta lo mangiano gli sciacalli.

— Quel che resta? — Roberto ridacchia. — Mi avete mai visto avanzare qualcosa in un piatto?

— No, non quel che resta nel tuo piatto. Quel che resta di te, proprio di te, capito? La prima cosa sono gli occhi. Dopo che hanno mangiato quelli, vanno avanti con il naso. Sai, come in quel film…

— Yusdra, che bisogno c'è di-di spaventarci così?

— C'è bisogno perché lo deve sapere. — Parla a denti stretti, arrabbiata. — Deve sapere che non è una passeggiata. Portarsi tutti quei chili, poi! — Gli sta addosso con occhi di fuoco e parole a raffica. — Hai idea di che cosa fa una vipera cornuta?

— Ah, ah, ah cornuta… — cerca di scherzare l'altro.

— Bamboccio! Non te ne accorgi nemmeno, che ci hai già messo sopra una mano e sei fregato. E gli scorpioni? Ce ne sono perfino di viola, bellissimi, e sei fregato uguale. Ma a quelli, almeno, ci puoi stare attento. La Signora Nera, invece, mica ti fa un fischio quando passa…

— Co-cos'è la si-signora nera, Yu? — Beatrice è tremebonda.

Yusdra tiene gli occhi piantati sul faccione di Roberto. — È quella che ti porta via per sempre. Come la duna arrabbiata: *lei* ti inghiotte. Non c'è modo di riconoscerla e tu ci vai dritto dentro! Se succede a Beatrice, ancora ancora… Le si lancia una corda e la si tira fuori, non pesa niente. Ma a te, chi ti tira su? Ci vuoi ancora venire, nel *mio* Paese?

— Dice, dice che il clima secco gli fa bene, sai, per via dell'asma, no? Ho capito bene Roberto? — cerca di ammansirla Marco.

Roberto annuisce serio e se ne esce con una frase che sbalordisce tutti: — Almeno senza occhi, o fregato dalla cornuta, o… com'è che hai detto? Inghiottito da quella cavolo arrabbiata, o che ne so, che ti porta via quell'altra, lì, la nera che non fischia… insomma, almeno così, smetti di vedere.

— Cosa smetti di vedere, Roberto? — s'informa preoccupato Marco.

— Quello che della vita non gira per il verso giusto — risponde lui, amaro.

— Un depresso… Fantastico! Nel posto dove stiamo andando, quelli come lui sono i primi a crollare! Questo qui è un peso morto. Non lo voglio con noi! — Yusdra lancia la sua sentenza e si allontana.

— Io-io non sono depresso! — protesta Roberto.

— Sì, raccontalo a tua madre!

Stra-colpito e stra-affondato.

Il destro gli parte in automatico contro il primo bersaglio utile, una parete di metallo piena di bulloni. E a quel punto perfino Marco sbotta con la sua prima parolaccia: — Merda.

Roberto si massaggia le nocche insanguinate.

Marco gli porge di nuovo il fazzoletto, poi ci ripensa: — Forse sarebbe meglio una benda.

Beatrice alza la mano: — Ho tutto io.

Tira fuori il pronto soccorso e taglia un pezzo di benda. Mai avrebbe pensato che un giorno sarebbe servita, oltre che per non farla diventare un'assassina, per medicare la mano di pallone-gonfiato.

— Prima andiamo in bagno, devi lavare la ferita, l'ho imparato al corso di pronto intervento degli scout. Ti fa male?

Roberto alza le spalle e la segue.

Yusdra va a rifugiarsi in un angolino sbattuto dal vento, dove prova a mettersi la coscienza a posto. Si racconta di avere ragione, che è giusto mettere in guardia gli sprovveduti, quello è il suo compito. È lei la responsabile della missione, tocca a lei, e il capo, si sa, a volte deve essere duro, prendere decisioni drastiche.

Eccolo lì, il capo.

Solitario, sbattuto dal vento, incapace di trovare soluzioni.

Soluzioni come scendere dalla nave senza essere scoperti,

mettersi in contatto con Malika, arrivare nel deserto, trovare nonna Leyla e, soprattutto, cavarsela nel deserto. Lei che si vanta tanto, lei che è così brava a spaventare gli altri, se le ricorderà ancora le regole della sopravvivenza? Ciò che va fatto e ciò che va evitato? Sarà abbastanza saggia?

Ma la saggezza... la saggezza non è forse il bagaglio con cui si deve partire?

Prepara le tue cose, ma soprattutto non dimenticarti della più importante: la saggezza, capretta.

È saggio quello che sta facendo?

È saggio essere stata cattiva, anzi, sadica con Roberto?

"Lui se lo merita, dopo tutto quello che mi ha fatto..."

Tocca proprio a lei deciderlo?

Una voce araba le arriva all'orecchio, venuta chissà da quale angolo della nave, avvitata a chissà quale spirale del vento che, come sempre, porta i suoni dove gli pare, ed ecco che il ricordo di un'altra voce, quella di suo padre, le buca lo stomaco. "Che cosa gli avevo fatto di male, io, da piccola? Forse adesso hanno scoperto che sono antipatica e cattiva e sadica. Io so di poter essere molto, molto antipatica. Ma appena nata? Come facevo a essere antipatica, appena nata? Che gli avevo fatto, io, perché se ne andassero via? Camminerò fino al centro del deserto, per saperlo. Uscirò da questa trappola per scoprirlo."

Se vale il detto che un buon motivo dà buone soluzioni, Yusdra sta trovando la sua.

31

Missione impossibile

La mano le trema sullo schermo dell'iPhone. C'è stata una trattativa. Roberto ha accettato di darle la password di avvio, in cambio della promessa che lo porteranno con loro. Freneticamente Yusdra digita le procedure di connessione. Ogni volta che sbaglia un tasto, le tocca ricominciare da capo. Come cavolo fa Roberto a usare quell'aggeggio con quelle manone? Come fa a non sbagliare?

C'è poca linea, anche se ormai la costa africana è vicina, ma soprattutto c'è pochissimo tempo. Tenere acceso quell'affare è rischioso. La polizia internazionale sarà già sulle loro tracce. Marco non sarebbe assolutamente d'accordo, ma è lei il capo. È lei che decide, e senza un aiuto non sa come far sbarcare i suoi due amici e il carico più ingombrante: Roberto. Mica possono di nuovo infilarsi in un camion, o nel portabagagli di un'auto, o sotto il telo di un gommone… si ritroverebbero chissà dove, in giro per l'Africa, separati.

In giro.

Separati.

Per un attimo, l'idea le sembra buona. "Separati va bene, perché loro possono anche rischiare di essere rimandati indietro, loro sono italiani, una ramanzina ed è finita. Per me non è la stessa cosa. La questione è molto più delicata per me, e poi... il deserto, in fin dei conti, è solo roba mia. Gli dirò di infilarsi ognuno in un mezzo diverso... Gli racconterò che dopo la dogana c'è una sosta obbligata e che quello sarà il momento giusto per scendere e ritrovarci... Ma io non scenderò e andrò da sola per la mia strada."

Mai lasciare la carovana, mai. Il deserto è una creatura di cui non ti devi fidare. Gli uomini possono solo attraversarlo insieme. Ricordati, l'unione è la forza dell'uomo nel deserto.

No, il deserto non è roba sua e nemmeno separarsi è una buona idea.

Innervosita, Yushdra riprova con la connessione internet.

Le mani di Malika tremano nel chiudere la cerniera della borsa.

La sta combinando grossa, ma ormai è deciso e da una decisione così fondamentale non si torna indietro. Si tratta della sua vita.

Non c'è tempo da perdere, bisogna essere rapidi, silenziosi e, soprattutto, comportarsi normalmente e non destare sospetti in famiglia. Il portatile è lì, aperto, lo controlla ogni minuto. Aspetta solo di ricevere il via.

L'icona di Skype segnala una chiamata in arrivo.

Rapida infila le cuffie per non farsi sentire e risponde di getto: — Ecco... — Si blocca quando vede l'immagine di Yusdra.

— Malika, mi senti?

— Yusdra!!!

— Meno male che ti ho trovato. Non sai che ansia, dimmi bene come facciamo a scendere e, una volta scesi, dove dobbiamo venire esattamente.

— Ma non hai letto la mia chat?

— Quale chat? Sono senza computer. Adesso ho provato con un iPhone, ma non posso tenerlo acceso tanto, se no ci rintracciano. Dimmi!

— C'è un camioncino al porto, lo riconosci dall'insegna perché è azzurra con un disegno tipo biancheria stesa. È la ditta che viene a prendere la biancheria da lavare da noi, fa servizio anche per la nave. Mi sono messa d'accordo con il tipo. Lui sa dove portarvi, si chiama José. E stai attenta, perché gli ho già dato un sacco di soldi. Te ne chiederà ancora, ma tu non mollare, capito? Neanche un euro.

— Sì, ma noi... noi come facciamo a scendere?

— Biancheria sporca! Contenitori della biancheria sporca, no? Inventatevi qualcosa, infilatevi là dentro.

— Ma che schifo!

— Senti, non farla tanto lunga, già non è stato facile convincerlo.

— D'accordo. Tu dove ci raggiungi?

— Io, be' io... io arrivo dopo, ora devo andare da un'altra parte.

— Quale parte?

— Sta' tranquilla. Andrà tutto bene. Solo che per il momento non abbiamo la stessa meta. Non è grave, sai.

— Come, non è grave? E poi come ci arrivo nel deserto?

— Quel tipo conosce uno che deve andare al mercato dei dromedari. Da lì, non c'è nessuno meglio di te. Io non ci ho mai nemmeno parlato, con gli uomini blu. Solo, stai attenta: il secondo viaggio io non l'ho pagato, vorrà una barca di soldi, ricordati di trattare. E poi c'è in giro un sacco di gente strana. Hai capito, no?

— Strana? Come, che vuol dire?

— Be', dai, gente con le armi, ma sta' tranquilla, i bambini li lasciano in pace, se sono dei nostri. Sul furgone trovi una cesta con quello che vi serve per travestirvi.

— Tipo?

— Tipo *magrùn*, sai, tuniche e garze, quella roba che si mettono i nomadi. E teli per il turbante, dovete sembrare di qui, è importante.

— Ma tu, quando vieni?

— Io, io... Ecco, mi spiace che tu non abbia letto la chat. Io per il momento non posso.

— Ehi! — La voce perentoria viene dalle sue spalle. Yusdra pigia il bottoncino di spegnimento dell'iPhone e lo fa scivolare in tasca. È terrorizzata. Si gira: un ufficiale. Dietro di lui intravede la sagoma di Roberto. "Maledetta carogna, ha fatto la spia." È tutto finito. Si butterà in mare, piuttosto, ma non ci ritorna in Italia, non si farà rinchiudere in una comunità o addirittura in un carcere minorile. Non ci sarà verso di costringerla.

— Parli arabo? — le chiede l'uomo in francese.

Non sa che cosa rispondergli. Dietro di lui, Roberto le fa segno con gli occhi di dire di no. Assolutamente di no. Perché lo fa? Vuole aiutarla o denunciarla?

— Parli arabo? — le chiede di nuovo l'ufficiale.

Yusdra lascia passare qualche secondo, poi d'un fiato: — Parlo francese. Perché?

— Stiamo cercando una bimba marocchina, più o meno della tua età, alta come te. — Yusdra si sente svenire. Una rapida occhiata sotto, no, non ce la fa a buttarsi in mare, non ce la farebbe nemmeno a scendere le scalette di corda, se ci fossero. È finita.

— Tu l'hai sentito l'annuncio?

— Quale annuncio?

— Lo immaginavo. Qua fuori, se c'è vento, non si sente bene. Se per caso la vedessi, dille di scendere al punto di ritrovo, i suoi l'aspettano giù.

"I suoi l'aspettano giù? Se è vero, posso stare tranquilla... E se è una trappola, invece...?"

— Come ti chiami?

Di nuovo Roberto le fa segno di inventarsi un altro nome.

— Leyla — le esce di botto.

— E i tuoi, invece, dove sono?

Questa volta Roberto le indica di voltarsi.

Yusdra si gira, c'è una biondissima famiglia alle sue spalle. I vichinghi! Il ragazzino sta guardando la scena, le sorride e le fa ciao con la mano. Yusdra risponde con un entusiasmo esagerato.

— Adottata! — Comincia a piacerle, la formula.

L'ufficiale sorride, carico di civile comprensione: — Grazie, Leyla, e buon soggiorno in Marocco a te e alla tua famiglia.

— Prego, signore.

Il tempo di riprendere fiato, poi a Roberto: — Va' a cercare gli altri, so che cosa dobbiamo fare.

— Grazie, eh!

— Grazie — farfuglia Yusdra suo malgrado.

Beatrice ci sta. Fisicamente ci sta, anche se non vuole entrarci, in quel contenitore grigio schifoso. Per Yusdra e Marco è un po' più complicato. Sono magri ma alti. Roberto è fuori gara, ma per lui si è trovata un'altra soluzione: c'è un cameriere chiuso in una cabina, in questo momento, e Roberto ne indossa la giacca. Di più non ha potuto averc. Per *di più* si intende i pantaloni.

— Giura che non lo hai menato! No, perché qui le carceri sono terribili.

— Tranquillo, merdoso, l'ho convinto con le buone.

— Dimmi come hai fatto! Almeno vuoto il sacco prima di arrivare alla tortura, anche perché interrogherebbero me, visto che sono l'unica a parlare arabo.

— Gli ho regalato il mio iPhone!

— Tu sei fuori di testa! — È un coro d'indignazione. Così li rintracceranno subito, come ha potuto fare una cretinata del genere?

Roberto tira fuori di tasca l'iPhone e ridacchia. — Ho usato sistemi più convincenti. — Atteggiamento saputo, con la mano fa il segno di chi conta i soldi. — Adesso però sbrighiamoci, perché non c'è molto tempo, mi pare... Su, Qui-quo-qua, dentro il contenitore!

Il carrello con il contenitore stracolmo di biancheria sporca è molto pesante.

Che-schifo-che-schifo-che-schifo. Che-caldo-che-caldo-che-caldo.

Hanno smesso di dirlo e finalmente si sono tappati il naso.

Per quanto massiccio, Roberto fa una gran fatica a spingerlo, quel carico. Berretto calato sul capo, ha solo fatto quello che facevano tutti. Ha portato giù il carrello con il montacarichi di servizio e l'ha posteggiato accanto agli altri. Qualcuno ha detto: — Molla qui, il camioncino viene a prenderli. Chi resta per il carico?

Roberto ha alzato la mano, tenendo la testa incassata nelle spalle.

Gli altri se ne sono andati subito. Un andirivieni di camerieri, inservienti, marinai che già cominciavano a togliersi la divisa, animati dalla fretta di chiudere il turno di lavoro e scendere a terra.

Una gran quantità di carrelli grigi sono allineati come soldatini.

Per darsi un contegno, Roberto rigira tra le mani un pacchetto di sigarette che ha trovato nella tasca della giacca del cameriere e un accendino. Sta sudando come un dannato, mai sentito un caldo così.

— Ma poi dove andiamo? Dico, nel deserto non sarà così umido, perché io... — e comincia a tossire.

— Tranquillo — gli risponde Yusdra da sotto un tovagliolo sporco di sugo.

Roberto prova ad accendersi una sigaretta, che è cosa complicata, dato che tira vento, ma un vento caldo, umidiccio e pieno di sabbia. Ci rinuncia e fa finta di fumare una sigaretta spenta. Poi lo sfiora l'idea di essere ridicolo. La mette via. Consulta nervoso l'orologio. Quando gli ha allungato una mancia di cinquanta euro, quel tipo, il cameriere spagnolo, gli ha fatto capire a gesti che non gli avrebbe lasciato più di mezz'ora in cambio della giacca e del privilegio di portargli giù il carrello. Il tempo sta per scadere.

L'ultima auto lascia il ponte e s'immette nell'area doganale.

Sulla banchina, però, Roberto non vede alcun camioncino con insegne bianche e azzurre.

Nessuno José all'orizzonte.

Ansia.

Yusdra lo chiama, sommersa da una montagna di briciole. — Vedi niente?

— Vedo un cavolo.

— Oddio, come facciamo? — piagnucola Beatrice.

— Preghiamo, ognuno nella propria religione.

— Prima mettiamoci d'accordo su un'unica versione, nel caso ci beccassero — suggerisce Roberto. — Almeno non ci tortureranno troppo a lungo.

— L'unica versione convincente è la verità — chiude l'argomento Yusdra.

L'avvicinarsi di un motore fa zittire tutti.

— Eccolo! Solo che... cavolo, non mi sembra azzurro!

— Come, non ti sembra azzurro??!!!

— Non lo so, io confondo il verde con l'azzurro.

— Ma sei pazzo? Potevi dirlo prima!

— E già, così spingevi tu, Africa!

— Smettila di chiamarmi così, altrimenti...

— Shhh... sta arrivando... lo vedo, non è azzurro... Oddio, Yusdra che facciamo?

— Io confesso subito, glielo dico che stavo per diventare un'assassina!

— Posso rubarti la scusa?

— Zitti, Qui-quo-qua! Ho ancora quattro pezzi da cinquanta. Ci penso io.

— Non pagare! — È l'urlo soffocato di Yusdra, prima che Roberto le spinga la testa sotto l'ennesimo tovagliolo macchiato di sugo.

Dal furgone scende un tipo dall'aria dinoccolata, che si guarda in giro. Lancia un "Ehi, là!" a Roberto, il quale si avvicina servizievole.

— Italiano?

Roberto annuisce. Il tizio gli fa segno di avvicinare i carrelli al furgone, poi aziona un telecomando e il portellone di chiusura si apre, diventando una piattaforma che serve a portare giù dei contenitori identici a quelli della biancheria sporca. Bianchi invece che grigi, con il coperchio e, dentro, biancheria pulita: difatti, al contrario degli altri, profumano. Prima bisogna vuotare il furgone. Roberto lo aiuta a spingere i carrelli bianchi verso il montacarichi della nave, poi avvicina quelli grigi alla piattaforma che fa su e giù. L'autista resta nel furgone, dove allinea i carrelli, uno dopo l'altro, a partire dal fondo. Si muove con efficienza e con un senso dello spazio che incanta Roberto, facendogli quasi dimenticare il pericolo che sta correndo. Incastra al millimetro e, difatti, tutta quella roba ci sta perfettamente.

Ecco che l'ansia di prima ritorna a galla quando, con gran fatica e con il cuore in gola, Roberto deve spingere l'ultimo carrello, quello con dentro Qui-quo-qua fino alla piattaforma, che lo tirerà su. Questa volta anche lui sale sulla piattaforma, insieme al carico.

— Fiuuu! Se pesa! — commenta il tipo sistemando il contenitore nell'ultimo spazio rimasto liberto. Roberto ha i sudori freddi, l'altro lo guarda con un sorriso sornione: — Dove credi di andare? — gli dice in francese e con un gesto così eloquente che lo capirebbe anche un bambino di due anni.

— A fare una gita — gli risponde in italiano Roberto,

con la sua migliore aria di sfida e senza mostrare intenzione di muoversi da dov'è.

L'altro gli fa di nuovo segno di scendere.

Roberto tira fuori una banconota da cinquanta euro e gliela sventola sotto il naso: — Cinquanta euro! Mica è uno scherzo.

Eh no, che non lo è. Anzi, questa avventura sarà meglio di un videogame, ma gli sta costando un sacco di soldi.

Il tipo agguanta la banconota con una faccia furba, mentre Roberto cerca di passare dalla piattaforma al furgone. L'altro lo blocca con una mano. Poi, con estrema calma, aziona il telecomando del saliscendi.

Chiuderà il furgone o lo sbatterà giù?

È mingherlino, ma Roberto non è sicuro di voler fare a botte con lui...

La piattaforma si alza in verticale a chiudere definitivamente il furgone. Roberto cade come un sacco di patate, faccia in giù nel carrello dove Qui-quo-qua trattengono il fiato, terrorizzati. Deve essere molto divertente, perché il tipo si fa una gran risata, mentre, attaccato come una scimmia a una sbarra di ferro, scorre sopra i contenitori puzzolenti fino alla cabina, dove con un movimento acrobatico plana al posto di guida e mette in moto. Già i marinai, sulla banchina, lo sollecitano a sbrigarsi. Devono sollevare il portellone della nave e chiudere.

Mentre conduce il furgone allo sbarramento doganale, il tipo commenta in arabo: — I turisti italiani vanno al mercato dei dromedari? E noi li porteremo al mercato dei dromedari. José pensa a tutto! A tutto!

Yusdra sbuca livida di rabbia dalle tovaglie piene di briciole e, avanzando sopra i contenitori, lo aggredisce: — Ehi, il viaggio era già stato pagato! Ridammi i soldi.

— Eh no, ragazzina, la tua amica ha pagato per tre, non per quattro, e quello è talmente grosso che vale per due. E adesso sparisci, se non vuoi farti prendere dalle guardie della dogana. — Guardie cui si rivolge con gran familiarità: — Tutto a posto, amici! Guardate pure se volete. Biancheria sporca dei turisti. — E giù un'altra risata.

Yusdra ha fatto appena in tempo a ributtarsi dentro la schifezza degli asciugamani umidicci, mentre Roberto sta letteralmente schiacciando con i suoi cento chili i poveri Marco e Beatrice, che non osano fiatare e sono in un bagno di sudore.

— Venite fuori, sardine! Siete in Africa! — urla il tipo dopo qualche centinaio di metri.

Malika alza cauta il coperchio di uno dei contenitori bianchi e si guarda intorno: nessuno. Sgattaiola fuori e sparisce, inghiottita dal buio della nave.

Scenderà a Barcellona, poi Barcellona-Parigi in treno, sarà una passeggiata...

È di nuovo la nave della libertà, quella?

32

Sangue!

Difficile sentirsi *libera come uno sguardo*, quando la marcia è rallentata da ginocchia rinsecchite e lo sguardo è appannato da un velo bianco.

Difficile, nelle sue condizioni, arrivare fino alla meta: la Città della Sapienza.

C'è stata una tempesta di sabbia.

Si era ancora in tempo a ritornare, ma Leyla non ne ha voluto sapere.

La pelle è disidratata, gli occhi bruciano. I bambini sono nervosi.

Il capo carovana ha deciso: se proprio si deve andare avanti, si andrà avanti sulle ruote, e ha fatto arrivare tre camion. Li hanno caricati all'inverosimile.

Su due camion sono saliti gli animali, i dromedari e le capre. Su un altro le famiglie. Tutti stavano ammassati per lasciare spazio a Leyla, che potesse stendersi comoda.

— Eresia! — ha urlato lei imbestialita. — Solo quando verrà la Signora Nera camminerò sdraiata e con le gambe davanti.

Aveva detto dromedario, e dromedario deve essere.

E ora Leyla viaggia in groppa a un dromedario, issato su un camion.

Dalla gobba del dromedario sbatacchiato dal camion, domina il *suo* deserto. A volte ride. Oppure tace per ore e non dorme mai.

La sera, prima che vengano annodati i teli della sua tenda, rivolta a occidente saluta il sole e gli parla. — Sento i suoi passi — dice. — La sento arrivare.

E tutti i viaggiatori – donne, uomini e bambini – si chiedono: — Di chi sente i passi, la vecchia Leyla?

Yusdra ritrova movimenti dimenticati nell'agghindarsi il *magrùn*, un lungo telo di stoffa trasparente rossa in cui si avvolge, facendo ricadere un lembo da una spalla. Marco non può fare a meno di guardarla con ammirazione. Un po' le ricorda l'eleganza della madre. Una botta di nostalgia, alla quale riesce a dare un calcio, mentre ride, un po' troppo, di Beatrice che inciampa nei teli verdi che le scivolano continuamente di dosso.

Yusdra glieli fissa con nodi e drappeggi, e cerca di insegnarle a tenerli su. — Spalle dritte, altrimenti ti cadranno sempre. Dritte, ho detto!

Quanto a lui, è davvero buffo con il caffetano bianco a ricami dorati e un lungo telo di garza in tinta, che Yusdra prova a sistemargli a turbante, ma che gli crolla da ogni parte.

Chi è veramente strabiliante è Roberto. La testa è fasciata da una striscia di garza azzurra lunga ben dieci metri!

— Così, se c'è tempesta di sabbia, ti ripari e non ti viene l'asma, che noi di ammalati, in viaggio, non ne vogliamo — gli ha detto Yusdra.

Il corpo massiccio riempie la tunica dalle sfumature blu, che gli darebbe un'aria autorevole, da uomo, se solo rinunciasse a fare lo spiritoso: — Dov'è la mia sciabola?

Gli occhi truccati di kajal (lui non voleva, ma Yusdra ha insistito) esaltano il colore dell'iride.

— Hai gli occhi azzurri???!!! — commenta sorpresa Beatrice.

— Mmm... Grigio topo, piuttosto.

— No, no, con il kajal sembrano proprio azzurri! Beeelli!

— Sono come quelli di mia madre. — E gli scappa un mezzo sorriso.

Quando scendono dal furgone di José sono completamente irriconoscibili e il posto in cui si trovano, uno spiazzo di terra battuta circondato da bassi muri ciechi color ocra, è strano. Non è una piazza, altrimenti ci sarebbe una strada che la attraversa. Non è un cortile, ci sarebbero porte, finestre. È uno spiazzo quadrato circondato da muri.

— Non muovetevi di qui — ordina José, sporgendosi dal finestrino. — Tra un po' viene il camion a prendervi.

— Un po', quando? — chiede Yusdra, preoccupata.

Per tutta risposta, l'altro alza le spalle, mette in moto il furgone, fa inversione di marcia e sparisce in una nuvola di polvere.

Spaesati e stanchi, i ragazzi cercano qualcosa su cui sedersi. Ma c'è solo la terra. Così addossano gli zaini contro un muro, in una striscia d'ombra che divora il quadrato dello spiazzo, e si siedono. Roberto, che non ha zaino, si accuccia per terra e, accidenti, sembra nato lì.

Si guardano intorno preoccupati.

— È già il deserto? — chiede Beatrice, un po' delusa.

— Nel deserto non ci sono muri. Il deserto è… è tutto libero — risponde Yusdra, vagamente preoccupata di quel "tra un po' viene il camion…" Come se non sapesse che *lì* "un po'" non è un'unità di tempo, ma di volontà. E molte cose *lì* si può aver voglia di fare, prima di passare a prendere qualcuno, come quattro ragazzini sconosciuti.

— Ah, sono le case di qui? Senza finestre?

Yusdra non lo sa, non ci è mai stata in città, lei. Almeno non in Africa.

— No, voglio dire, siamo sicuri che siano case e non… che ne so, lo spiazzo di un carcere, magari minorile!

— Scarica la tua ansia sulle ginocchia, così almeno non ci stressi!

— Lo faccio subito. — E il ritmo comincia, dalle ginocchia alla testa, dove si allineano parole per un nuovo rap.

Odiami allora, quando vorrai.
E se già lo vuoi, odiami ora.
Ora che il mondo mi è tutto contro.
Oppure no, e mi viene incontro.

Muri senza porte e senza finestre, eppure muri dai quali ci si sente spiati, come se dietro formicolasse qualcosa.

Una sensazione che fa accapponare la pelle.

L'ombra lunga del loro muro continua a scivolare avanti come un fantasma nero e, istintivamente, Yusdra si sposta in cerca della luce. Sa che tra poco il sole se ne andrà e il tempo che resta non è detto, non è assolutamente detto, che coincida con il tempo dell'arrivo del camion.

Presto lo spiazzo sarà inghiottito dall'imbrunire.

Passare la notte lì?

Spostarsi?

Cercare un rifugio?

Poi qualcosa si muove. Si spande, s'infila nei mattoni d'angolo del muro di fronte. Lo sguardo di Yusdra percorre un rigagnolo liquido che viene giù da una piccola grondaia e che, seguendo una strada tutta sua, di asperità e sporgenze, gocciola fino a terra.

Beatrice guarda Yusdra che guarda il muro.

Anche Beatrice, ora, guarda il muro.

Il suo urlo lacera un silenzio rotto solo dal ronzio delle mosche che si affannano nella piccola pozza rossa che si sta formando a terra: — Sangueee!

Marco trema non solo con le ginocchia.

— Ah! — Un altro urlo di Beatrice. — Ho visto una ma-mano-u-una-mano-giuro. È lui!

— Lui chi?

— L'assassinooo! — sussurra terrorizzata.

Roberto scatta in piedi, sovrastandoli con la sua mole, apre le braccia e quasi li contiene tutti e tre. — Fermi, vado a vedere io.

Yusdra non fa in tempo a bloccarlo, sta già attraversando lo spiazzo con passi minacciosi. Chiunque sia, avrà da vedersela con lui.

Guarda dovunque, nessuna mano in cima al muro, se poi mano c'è mai stata. Come un vero cercatore di tracce, si accuccia e annusa. Si gira verso i suoi compagni di viaggio e, sbalordito: — Sa di pipì.

— Pipì? — Yusdra si alza decisa, gli va vicino e annusa a sua volta. Poi, risoluta: — Mi reggi?

— Scusa?

— Fammi salire sulle spalle. Vado a vedere.

— No, Yu, sei pazza! Non farlo, è pericolosooo! — si precipita a bloccarla Bea.

— Tranquilla. — Di nuovo a Roberto: — Tirami su!

— Se vuoi, vado io, che non peso niente — si offre Marco.

— No, tu aiutami a salire.

Roberto unisce le mani. Marco e Beatrice la issano. Yusdra è sulle spalle di Roberto che le tiene salde le gambe. Beatrice sta con il naso per aria e il cuore che impazzisce, in attesa di sentirle dire che in cima al muro c'è un cadavere che gocciola sangue.

Yusdra si alza, le manca poco per vedere. Sale in punta di piedi, ma ancora non ce la fa. Anche Roberto sale in punta di piedi.

Ci siamo.

Uno spettacolo inaudito le si para dinnanzi.

Una quantità di vasche scavate sui tetti, traboccanti di liquidi colorati che scorrono in canaline. Gialli, blu, rossi. Una tavolozza immensa. Una quantità incredibile di uomini, ragazzi e bambini immergono le pelli nelle vasche, poi le lavano nelle cisterne di acqua corrente.

"I tintori!"

Più oltre si apre la vista su un infinito agglomerato di case.

"La medina, eccola!"

Mercati, bancarelle, terrazze fiorite, la moschea, il minareto, giardini pensili, una meraviglia operosa, rumorosa e allegra davanti ai suoi occhi, ma l'odore forte dell'ammoniaca delle tinture è nauseabondo. Da svenire.

Barcolla. Sta per lasciare la presa, per cadere giù addosso ai suoi compagni di viaggio, quando due mani dall'alto le afferrano le braccia. Un urlo, da sotto, mentre il sorriso più furbo e bianco che ci sia dal tetto la saluta, in arabo: — Benvenuta alla conceria, ragazzina!

Roberto non molla la presa e con uno strattone tira giù Yusdra, che cade all'indietro raccolta da Marco e Beatrice, mentre un camion sgangherato irrompe nello spiazzo e una banda di ragazzini con mani gialle, blu, rosse, azzurre, scendono dai muri della conceria come ragni. In un lampo sono sugli zaini. Li stanno aprendo, si passano i sacchi a pelo. Ci giocano.

Yusdra è subito addosso a quella masnada impazzita, che se la ride a crepapelle e, urlando in arabo, riafferra la sua maglia, il cappellino, un libro, la penna di Malika. Di Malika, quella traditrice che li ha lasciati da soli.

Beatrice corre inutilmente dietro alla sua benda, che un ragazzino trascina come fosse un aquilone dopo averla imbrattata con le sue mani tinte di giallo.

Un fischio dell'autista e le cavallette se ne vanno via correndo e ridendo.

L'uomo, di notevoli dimensioni, scende e dice la parola d'ordine: — Mercato dei dromedari?

— Mercato dei dromedari — ripete Yusdra.

La lunga trattativa comincia, mentre Marco e Roberto rimettono tutto negli zaini e Beatrice cerca inutilmente di scuotere via la polvere.

— A che serve, tanto si riempiranno di sabbia! — commenta Roberto.

Dopo molte discussioni, Yusdra si volta verso i maschi. — Ci arrivate a quaranta euro?

Roberto sta per mettere mano al portafogli. Marco lo ferma. — Ci penso io.

Si avvicina a Yusdra, si mette tra lei e l'omone, tira fuori quaranta euro. Dieci a testa. L'altro fa segno di no, sdegnato. Anche Marco fa segno di no. Elegantemente, gli dice in italiano che non fa niente, che troveranno un altro passaggio.

— Ma sei pazzo, dobbiamo partire! — gli sibila all'orecchio Yusdra.

Marco la obbliga gentilmente, ma con fermezza, a voltare le spalle all'autista, che sbuffando e in un italiano abbastanza comprensibile alla fine cede: — E va bene, montate.

— Venti adesso, gli altri venti all'arrivo.

— L'ha sempre detto mio padre, che più soldi si hanno, meglio si fanno gli affari! — commenta ammirata Yusdra.

In un attimo sono sul cassone.

Il camion riparte sollevando una gran polvere, mentre i ragazzini, montati chissà come in cima ai muri, sbattono le pelli sul bordo facendo colare rigagnoli colorati. Lanciano saluti, applausi e *bon voyage* ai turisti in maschera.

Dal minareto sale la voce del muezzin e tutto si acquieta come per incanto.

Leyla chiude i teli della sua tenda alle ultime fiammate del sole.

Tre, quattro giorni al massimo.

Bisogna fare in fretta. Bisogna arrivare prima. Bisogna arrivare, fermarsi finalmente e aspettare.

33

La mamma del serpente

Quando il camion lascia la città è pieno come un uovo e Marco comincia a pensare che dieci euro a testa per viaggiare con due capre piuttosto puzzone sedute sulla pancia siano un'esagerazione. Per fortuna ne ha pagati solo venti. Discuterà sui venti che restano.

Beatrice sta male e vomita con la testa che penzola fuori da una sponda laterale.

Roberto sembra dormire. Sembra, perché gli occhi non sono del tutto chiusi, la schiena appoggiata alla ribaltina del retro del camion, tenuta su da due ganci arrugginiti che Yusdra considera con una certa preoccupazione. Se ne sganciasse uno, una parte considerevole del carico, Roberto appunto, sarebbe perduta. E non ha l'impressione che l'autista si fermerebbe a raccoglierlo. Un sorriso malizioso le increspa le labbra: bello scherzo, sarebbe. Proprio sicura di volergliela fare ancora pagare? Dopotutto, senza la sua stazza non ci sarebbe arrivata in cima al muro, non l'avrebbe vista quella meraviglia: la città.

Il sorriso si smorza.

Donne velate ammonticchiano sui grembi ogni genere di oggetti ed esseri viventi. Uomini seduti a gambe incrociate dondolano nel sonno, come pastori d'altri tempi, aggrappati ai loro bastoni. Indossano tuniche bianche, qualcuno una giacca.

Una donna è nascosta dietro una precaria piramide composta da una scatola di doposci ("Doposci in Africa?!"), un oggetto a forma di cupola coperto da un telo di juta, una cesta di paglia da cui spuntano ortaggi e, seduto tra gli ortaggi, un bimbetto paffuto di un paio d'anni che, sportosi dalla spalla della madre, tiene ben saldi in mano i riccioli di Yusdra, che in tutto quel trambusto ha perso il suo elastico. Con l'aria, i capelli si ingarbugliano ancora più del solito.

"Appena metto le mani su un paio di forbici me li taglio, giuro!" pensa lei.

Il bimbo non dà segni di voler allentare la presa. Né Yusdra potrebbe imporglielo. Il bimbetto si è addormentato solo così, dopo una sequenza di urla isteriche che avevano perfino suscitato le proteste dell'impassibile autista.

Quella manina nei capelli obbliga Yusdra a una posizione scomoda, a non potersi voltare verso la città che si allontana, né a poter guardare in avanti, verso il deserto che si avvicina, seppure con una lentezza esasperante. Pare che serva l'intera notte per arrivare al mercato dei dromedari.

Yusdra riesce a intravedere, nelle ombre della sera, la vegetazione piatta, il fondo sabbioso e una lunga striscia di nebbia che inghiotte l'oceano. Di nuovo un sorriso malizioso: sta pensando a Roberto e al suo sogno di incontrare il clima secco-secco contro l'asma! Ah-ah!

Cattiveria? "Perché no? Tanto la cattiveria gira, come la fortuna."

La manina del bimbo è sempre lì, aggrappata ai suoi capelli.

L'andatura costante del camion, il fondo strada più omogeneo, animali, oggetti e persone in un acrobatico incastro, odori di spezie, lane ruvide, corpi e salsedine: tutto contribuisce a mantenere il cervello in un dormiveglia in cui il corpo di ogni passeggero difende miracolosamente il legame con l'altro.

"Il legame e non la distanza" pensa Yusdra prima di lasciar cadere la testa in un movimento lentissimo sulle spalle della donna che regge sulle ginocchia la scatola dei doposci, la cupola coperta di juta, il cesto di verdura e il bimbo ancorato con la manina ai suoi capelli.

I corpi si appoggiano e dondolano morbidi, in una leggerezza inconcepibile su un qualsiasi autobus di città. L'ultimo che viene in mente a Yusdra, nel passaggio tra la veglia e il sonno, è quello che a Genova li ha portati dalla stazione al porto. Sembra un secolo fa e non sono trascorsi nemmeno tre giorni. "Dobbiamo... nota... tempo... se no" formula la sua mente, dopodiché afferra il sonno per la coda.

Danzano sulla nebbia dell'oceano fate dalle vesti larghe ingravidate dal vento e qualcuna di loro si china a raccogliere un legnetto, una conchiglia, un osso di seppia. Yamìna si accarezza il ventre e la guarda. Yusdra gioca con la sabbia, mentre le dita delle fate le srotolano i capelli o li annodano in nuovi ricci. I suoi capelli si animano di una vita tutta loro e sì, un giorno potrà giocare con lui, con il fratellino, insieme costruire il castello delle fate e Yamìna sorriderà a entrambi senza fare differenze.

La risata del bambino la strappa dolcemente dal mondo delle fate e delle mamme buone. Yusdra apre gli occhi sorridendo, per scoprire però, inorridita, che quel piccolo mostro le sta agitando un serpente tra i capelli. Lancia un urlo che sveglia l'intero camion. Deve essere molto divertente, perché al vedere la scena (qualcuno ha puntato una torcia elettrica sull'insolito quadretto) tutti scoppiano a ridere, a parte Beatrice e Marco che si stringono l'un l'altra, inorriditi.

La mamma del bambino le chiede scusa, la rassicura, non è velenoso, e sorride benevolmente al suo piccolo. Con dolcezza sfila il serpente dalle manine e lo ripone nella scatola dei doposci che ha il coperchio bucherellato.

Il viaggio riprende tranquillo, si fa per dire.

"Ecco che cosa succede a sognare. A sognare che le cose vadano per il verso giusto, poi sei fritto. Bisogna stare con i piedi ben attaccati per terra. Altroché farsi fregare dalle mamme buone. Sono mamme di serpenti quelle!"

Con cautela, Yusdra cerca un posto lontano dal bambino che, non vedendola più, si abbandona a un attacco di pianto.

Per il bene di tutti, Yusdra deve tornare e farsi rimettere la deliziosa manina, la stessa che poco prima teneva in mano uno schifosissimo rettile, nei capelli. Ora lui le sorride come un angioletto.

Yusdra resta sveglia fino alle prime luci dell'alba, vedendo scorrere di fianco il panorama di vegetazione bassa e un terreno che sempre più si mangia il verde con la sabbia. È scontenta di sé per essersi comportata da vera europea. Non ha trovato ancora risposta al perché una scatola di doposci con dentro un serpente sia finita sul grembo di una signora africana. Crolla finalmente sulla schiena della mamma del serpente.

Roberto non ha battuto ciglio, lo si direbbe capace di qualcosa di eccezionale: dormire a occhi aperti.

34

I dromedari masticano in orizzontale

— Che odore! — Beatrice è schifata.

— Ci siamo! — Yusdra è impaziente.

— Dove siamo? — Marco si è svegliato.

— Porca vacca! — Anche Roberto si è svegliato.

— Adesso lasciate fare a me e non dite una parola. Da questo momento in poi voi non siete italiani! E copritevi la faccia.

I quattro balzano giù dal camion in una confusione di persone, nuvole di polvere, oggetti, bambini e vecchi.

L'autista aspetta al varco. Acchiappa Marco per la manica: — Venti euro.

Yusdra lo guarda decisa, che paghi senza discutere.

Da questo momento comanda lei.

Passare in mezzo alle zampe di questi enormi animali a una gobba, alcuni bianchi, altri color cammello, altri grigi, con un muso buffissimo, la mascella inferiore slogata che rumina di lato, in continuazione, spostandosi da destra a sinistra e viceversa, dentoni gialli sventagliati in fuori e fiati puzzolenti, è divertente, tranne quando capita di pestarne gli escrementi.

— Guarda, masticano in orizzontale!

— Non possiamo riprenderli con il cellulare?

Yusdra li riporta all'ordine: — State dietro di me e nessuno parli più o tiri fuori cose come l'iPhone. Che cosa ci fai con quel binocolo, Marco?

— Il turista?

— Metti via. Non devono capire che siamo italiani.

"Ho detto siamo? Mi sono bevuta il cervello, io non sono italiana..."

La fila indiana, chiusa dal possente Roberto, di cui s'intravedono solo gli occhi tra le garze azzurre, riprende il suo cammino, zigzagando tra animali, venditori e compratori, che discutono animatamente.

Anche se l'idea di essere ai margini del deserto la fa sentire a casa, protetta, Yusdra non è così sicura che rivelare il suo segreto proprio lì, nel luogo da cui è stata forzatamente allontanata per motivi che non le sono noti, sia una mossa intelligente; d'altra parte deve poter chiedere a qualcuno dove trovare nonna Leyla.

Ci sono anche dei teli a terra con ogni genere di mercanzia: stoffe, miglio, datteri, animali domestici, finimenti da sella, prodotti artigianali, ceste, ferramenta, ricambi di motore, anche arrugginiti, gioielli berberi davanti ai quali Beatrice si ferma incantata. Yusdra la tira per la tunica e le sibila all'orecchio: — Non è il momento dello shopping.

— Ma hai visto quelle cavigliere?! Ne voglio una.

— Non adesso, Bea. Nel deserto ce ne sono di più belle, questa è roba per turisti.

Marco tira fuori di nuovo il binocolo, proprio come uno stupido turista.

— Ho detto di metterlo via — gli ordina a denti stretti Yusdra.

Più in là c'è anche la mamma del bambino che ha viaggiato con loro. Sul telo di juta ha appoggiato una gabbia con dentro una coppia di galline. Il bambino, seduto accanto alla scatola bucherellata dei doposci, mangia di gran gusto una ciambella che sprigiona un meraviglioso odore di zucchero filato.

Yusdra non fa in tempo ad accucciarsi accanto alla donna che Roberto, Marco e Beatrice spariscono.

Eccoli che si abbuffano, al carretto delle frittelle, e bevono improbabili bevande.

Peggio per loro. Avranno bisogno del bagno prima di quanto immaginino.

La mamma del bambino le sorride con dolcezza. Yusdra si decide a parlarle: — Sto cercando una persona.

— Chi cerchi?

— Una donna del deserto. Si chiama Leyla.

— Forse so a chi chiedere. Tu sta' qui e dai un'occhiata al bambino.

Per prima cosa, Yusdra prende un sasso e lo mette sul coperchio della scatola dei doposci, caso mai al serpente venisse l'idea di farsi un giro per il mercato, poi si accuccia accanto al bimbo, raccoglie da terra una manciata di sabbia e la fa scorrere tra le dita. Non è fine e pulita come quella del *suo* deserto (qui siamo ai margini dell'abitato) ma è sabbia.

La donna ritorna con in mano una ciotola. Le si accuccia vicino, le offre la pasta di miglio sciolta nel latte, che Yusdra accetta con piacere. La disseta. La fa sentire a casa. Ha avuto notizie. È anziana questa Leyla? Yusdra annuisce. Ed è una persona speciale? Yusdra continua ad annuire. È una poetessa, dice.

Una vecchia così, con tatuaggi a forma di triangolo sulle tempie e sul mento, seduta in groppa a un dromedario caricato su un camion, viaggia con la sua gente verso sud e tutti pensano che questa persona non sia più tanto saggia come un tempo.

— La Città della Sapienza è a sud? — chiede Yusdra.

— Sì.

— Lontano?

— Almeno un giorno, passato il confine.

— Un giorno a piedi?

— No — ride divertita la donna. — Un giorno di jeep.

— E a piedi, invece, quanto?

— Dipende dalle gambe. — Le tasta i polpacci. — Tu sei una gazzella, ma i tuoi amici? Sono bianchi, loro. Bianchi e molli. — Poi si fa seria: — I bambini di qui non li toccano, ma fa' attenzione ai tuoi amici, non sono dei nostri.

— Di chi parli? — chiede Yusdra preoccupata.

— Degli uomini armati. E fa' attenzione, anche i ragazzini, ormai, sono armati. Non ti fidare. Non glielo dire che i tuoi amici sono bianchi. Ma tu ci sai fare, tu li puoi ammansire, come io faccio con questo. — Lo sguardo carico di dolcezza, la donna toglie il sasso dal coperchio della scatola dei doposci e comincia a suonare con un flauto da incantatrice. Il serpente sale docile seguendo i suoi comandi sonori.

Yusdra si allontana rapida. Non capisce perché gente del suo popolo dovrebbe andarsene in giro armata, ragazzi come loro, armati. Non lo concepisce. "Con quale scopo? Non può essere vero. Non ci credo."

Non ha paura della sua terra, lei; quella donna dice così perché non è una nomade. Piuttosto bisogna calcolare bene i tempi del viaggio, anche se nel deserto il tempo è mutevole come le dune e non a spicchi ben definiti, come in città. Sa che nel braciere si può camminare solo all'alba per non più di tre ore e dall'inizio del tramonto, anche di notte, con una buona guida che conosca il cammino delle stelle. Sei, sette ore al giorno. Una sessantina di chilometri, forse. Un fuoristrada in una giornata ne macina almeno seicento. Dieci giorni. Le servono dieci giorni per arrivare alla Città della Sapienza. Si gira, in cerca degli altri. Eccoli là. Tutti e tre accucciati a terra con il mal di pancia. Scuote la testa desolata. "Venti. Ce ne vogliono almeno venti, con loro."

Li raggiunge minacciosa. Sono abbastanza appartati perché intorno non li sentano. Non si azzardino mai più, mai più, a mangiare senza consultarla. Per quanto riguarda le bevande, lei potrebbe anche bere dal secchio del dromedario. — Faccio per dire, ma io ho gli anticorpi, voi invece no. Avete bevuto bevande non chiuse ermeticamente?

Roberto annuisce spaventato. Yusdra scuote la testa: — Cretino.

— Ma che cosa ne sapevo?

— Posso togliermi questa palandrana? — chiede Marco madido di sudore.

— Nooo!

— Ma con questa tunica bianca mi sembra di essere il papa!

— Shhh! Non farti sentire, che gli arabi capiscono tutto. Fanno finta di non capire, ma capiscono tutte le lingue.

Roberto sbotta sempre più pallido: — Dov'è il cesso?

Le basta vederlo conciato a quel modo per sentirsi vendicata di otto mesi di soprusi.

— Lo vedi quel bugigattolo?

— Non dirai sul serio! — protesta lui.

Yusdra alza le spalle: o quello, o quello.

Con gran fatica lui si alza e si avvia.

— Ti serve niente? — Estrae la carta igienica dallo zaino e gliela mostra. Roberto tende la mano. Yusdra non gliela consegna.

— Per favore… — chiede lui, e solo allora lei gliene stacca pochi quadratini.

— Ma…

Inutile protesta.

— Fattela bastare. Qui tutto è prezioso, soprattutto la carta igienica — taglia corto lei.

Piegato in due, Roberto si avvia.

Beatrice chiede il permesso di avere una bibita che si chiama *orangine* al botteghino. Ha la gola asciutta.

— Te la compero io.

Yusdra controlla che la bottiglietta sia chiusa. La stappa con il set di posate da scout di Marco e gliela porge. Beatrice è visibilmente provata, si siede su una pietra, ne beve d'un sorso la metà, poi appoggia a terra la bottiglietta e si guarda intorno alla ricerca di un angolo d'ombra. È pallida, sudata, la gola già le brucia. Allunga la mano per afferrare l'*orangine* e finire di berla.

Impossibile, un dromedario la sta scolando per lei, bottiglietta ben salda tra i denti gialli.

Beatrice scoppia in un pianto isterico, ma la risata di Marco e gli allegri *yu-yu* con cui le donne commentano la scena sono contagiosi.

Anche Yusdra libera i suoi *yu-yu*.

— Come fai, me lo insegni? — chiede Beatrice.

— Batti la lingua sul palato e fa' uscire la voce: così...

Un suono stonato esce da quelle labbra già secche.

Yusdra sorride. — E va be'... col tempo ci riuscirai, forse... Intanto mettiti il burro di cacao. Marco, passami il telo impermeabile. Ci spostiamo sotto quell'eucalipto. Forza, prendete tutto, anche lo zaino di Roberto. — E una volta steso il telo, comanda: — Tre dormono e uno resta sveglio a controllare che non vengano animali pericolosi.

— Leoni, tigri? Non credi che li vedremmo?

— Avete presente quegli insetti che non ti sbranano, ma ti uccidono lo stesso? Scorpioni, vipere, ragni? Ecco, quelli. Fate a turno. Io vado a cercare una carovana che parta questa sera. Dovete riposarvi e bere. Solo bevande chiuse. Ditelo anche a quel genio che è al cesso. Ne abbiamo di strada!

— Tipo qualche chilometro?

— Almeno seicento.

— Come andare da casa a Roma. In cinque ore ci arriviamo. Un momento, no, non è autostrada, ma una pista di terra battuta, giusto? Forse ce ne vogliono sette, di ore. Domani mattina siamo lì.

— Tu non hai capito: si va a piedi.

— Prego???!!!

— Rifai i conti, Marco.

35

In pista

Il caldo.

Lo aveva dimenticato.

La luce che perfora le pupille e lascia un marchio che brucia anche all'ombra.

L'aveva dimenticata.

Il sudore che cola con il colore delle garze, come le pelli dei tintori, come quel sogno confuso in cui il padre si scioglieva con l'indaco.

L'aveva dimenticato.

La sete.

Quanto divora ogni energia.

L'aveva dimenticato.

E siamo ancora nella civiltà. Vicino a un venditore di *orangine*, acqua quanta se ne vuole, basta pagarla. Siamo ancora all'ombra di un eucalipto, in attesa del tramonto. In attesa che si ripeta il miracolo del deserto e la temperatura scenda di venti, trenta, quaranta gradi.

Yusdra si chiede se ce la farà ad attraversare il braciere. Il capo cammelliere cui si è affidata sarà una buona persona?

Non ci crede, Beatrice, di essere in quel posto assurdo, polveroso, faticoso, disordinato, non particolarmente bello. Non ci crede di aver dovuto lasciare indietro di tanti e tanti chilometri il verdissimo prato, l'ombra della roccia sulla casa, il panorama dei laghi, l'abbraccio della sorella, il suono del suo nome pronunciato un numero infinito di volte dalla madre che interrompe ogni sua attività per chiederle aiuto, e come potrebbe fare diversamente? Sei figli. Lei è la maggiore. È normale. E il sorriso del padre, gli scherzi dei fratelli, il pianto dei neonati, non ci crede, Beatrice, di aver dovuto cambiare continente per non diventare un'assassina di gemelli. Anche se, da quando sono partiti, non ha più sofferto di sonnambulismo, c'è qualcosa che non gira, che non la convince, ma ormai non si può tornare indietro.

Marco ha paura. A piedi? Reggerà il suo ginocchio? Viaggiassero almeno in groppa al dromedario, ma a piedi! Li ha fatti, i conti. Forse venti giorni di cammino in posti in cui nessuno può rintracciarli, certo, ma nemmeno trovarli se avessero bisogno. Alle loro spalle, le ultime frange di civiltà. Tasta il BlackBerry, tenuto in tasca fino a quel momento. È ancora in tempo. Almeno per la nonna, potrebbe farlo. Lei non ha alcuna colpa, in effetti. Una telefonata per rassicurarli (è stato previdente, si è portato una sim di scorta). Poi scarta l'idea. Tanto la nonna, da quando è morto suo padre, non ci sta più con la testa, non se ne accorge nemmeno se lui è sparito. La madre?

La odia. Non doveva. Non doveva. E poi non c'è scelta, quando sei in ballo, devi ballare…

Il ritmo del rap ricomincia a fargli compagnia, a portarlo lontano dalla realtà, a renderlo impermeabile al presente.

Se sei in ballo tu devi ballare.
Con i piedi i ricordi pestare.
Pestare fino a dimenticare.
Spingere giù sotto la sabbia.
E che nessuno lo sappia.

L'aveva messo in conto Roberto. Qualcosa nella sua vita l'avrebbe ridotto una polpetta, proprio come quelle che gli piacciono tanto, anche se il solo pensare a qualcosa di fritto in questo momento gli fa venire il voltastomaco, d'altra parte che si pretende? Siamo in Africa, era logico che succedesse. Ci è venuto apposta, adesso che ci pensa, per sparire dalla faccia della terra come un guerriero sconfitto. Un eroe polverizzato da un'arma galattica; divorato da un drago preistorico riportato a noi dal nemico del pianeta: la macchina del tempo; risucchiato da un vampiro che ha l'aspetto innocuo di un qualsiasi merdoso come Marco; ridotto in poltiglia da un frullatore arrugginito, un puzzle mostruoso in cui gambe e braccia si sono scambiate di posto, e lui non ha mai saputo camminare sulle mani; finito semplicemente nel cestino del computer, una nuvoletta e *puf*: scomparso. Insomma, eliminato, come in un videogioco. Perché cavolo l'ha fatto? Se ne poteva restare in quel bar vicino all'Acquario di Genova, i piedi sbattuti sulla sedia, a litigare con il cameriere e farsi portare gelati da Giovanni e Nicolò, e invece no, si è voluto impicciare. Cocciutaggine. Deve averla presa da sua madre, quella. Lei non c'è verso di farla uscire da quella camera, e lui? Lui quando comincia a fare una cosa deve andare avanti, non riesce a smettere. Come per lo schermo, ci si è rovinato gli occhi, notti intere sveglio a raggiungere il livello superiore, perché? Perché se incomincia una cosa non può smettere e deve ripeterla e ripeterla all'infinito. Mangiare. Uguale. Gli piace davvero mangiare? Ora che sta vomitando l'anima, giurerebbe di no. Eppure lo fa e lo farebbe ancora e si odia. Come picchiare. Stessa storia. Se solo avesse la forza, adesso sì, si sfogherebbe con una bella scazzottata. Ecco dove l'ha portato la sua maledetta cocciutaggine: in un cesso africano a vomitare l'anima. Se lo merita. Con una madre come quella, con una vita da schifo come la sua, è la giusta punizione.

Adesso finisce di vomitare, esce, si toglie la palandrana e fa vedere a tutti chi è.

Adesso lo fa, si è stufato di fare il bravo bambino con quella negra che gli raziona anche la carta igienica. Che cosa c'entra lui con il-merdoso e con quell'altra lagna che tira lunghe le vocali peggio del collo di un cammello o cavolo di dromedario sia.

Qualcuno spalanca la porta del cesso, con violenza. Roberto si tira su i pantaloni. Ecco la buona occasione per una scazzottata. Gliela farà vedere, a quell'imbecille! La tunica però lo intralcia, non parliamo della sciarpa lunga dieci metri. Adesso si strappa tutto, butta quella roba nel buco e intasa tutti i cessi d'Africa, gli fa vedere con chi ha a che fare.

L'*imbecille* che gli sta di fronte ha la barba così lunga che potrebbe avere da venti a cent'anni. Il caffetano è aperto su una camicia militare e dalla manica larga spunta qualcosa che sembra... ma non è veramente un bastone. Con quella cosa (ora che la vede meglio, Roberto si accorge che è la canna di una mitraglietta) il tipo lo sposta come fosse un insetto schifoso. Ecco la sua fine da videogioco: crivellato in un cesso d'Africa. Roberto si fa piccolo e sudando tutto quello che gli è rimasto da sudare passa di fianco al barbuto armato e fila via di corsa.

Maledetta cocciutaggine che l'ha portato fin lì.

Raggiunge a grandi passi i compagni sotto l'eucalipto.

Forse è meglio aspettare a togliersi la palandrana.

Certo, quel posto scotta e non solo per il sole che, ancora alto, picchia di brutto.

— Quando partiamo?

— Quando è andato giù — risponde Yusdra, e con il mento indica il magnifico, inclemente orologio del deserto.

— Nel cesso c'è un tipo con una mitraglietta.

Yusdra è preoccupata. — Non parlate per nessun motivo. Beatrice, vieni qui. — Prende un po' di kajal nero e con dei bastoncini traccia segni come tatuaggi. — I bambini li lasciano in pace. I bambini di qui, però. Non dovete sembrare di là. Capito?

Spaventata, con le lacrime agli occhi, Bea dice quello che tutti stanno pensando.

— Però non ce lo avevi detto che qui sarebbe stato così pericolooooso.

— Scusatemi, per me e per la mia gente. Scusateci: non lo sapevo.

E per la prima volta, in questo folle viaggio, le lacrime scendono anche a Yusdra. Dove ha trascinato i suoi amici? Dove è finita la sua saggezza, la sua capacità di cogliere le buone opportunità della vita? Che cosa ha fatto?

Il suono di un corno rompe l'immobilità dell'atmosfera infuocata.

Non c'è tempo per piangere o per rimpiangere.

Il capo cammelliere chiama a raccolta la carovana.

Adesso o adesso.

Rapidi, raccolgono le loro cose.

Yusdra mostra come ripiegare il telo, come inserirlo nello zaino, come scuotere, prima di infilarli, scarpe, cappellini e altri oggetti, per togliere la sabbia e ospiti indesiderati come scorpioni o serpenti.

Poi, con un briciolo di senso dell'umorismo (*mangia le lacrime con una risata, capretta mia*) li incoraggia: — E adesso, come dite voi: gambe a palla!

— Ma no, stupida, gambe in spaaaallaaa! — la corregge Bea.

Funziona!

— E io cos'ho detto?

I quattro si accodano alla carovana. Asini e dromedari sono carichi all'inverosimile di sacchi, cesti, una bicicletta, una parabola e gli zaini dei ragazzi. Hanno pagato in anticipo. Qui nel deserto non si contratta, ma si garantisce, qui non si è commercianti, ma viandanti.

I maestosi dromedari smettono di essere buffi e diventano solenni, i lunghi colli stagliati nel cielo ancora scintillante.

Il corno del capo cammelliere dà il via. Gli *yu-yu* delle donne fanno accorrere i bambini. Lo *yu-yu* di Yusdra raccoglie il suo gruppo e la gente si rimette in cammino.

Tra le rare parole che corrono nella fila, in un dialetto che sempre più si avvicina a quello della sua tribù, Yusdra sente ripetere: — Si è partiti prima, perché gente cattiva è arrivata al mercato.

Via, via dall'inciviltà.

Nel cuore dell'antica terra.

Verso la saggezza. Verso la Città della Sapienza.

36

Stelle cadenti

Camminano da sei ore.

Hanno avuto il tramonto a destra per un lungo tratto, poi alle spalle.

L'effetto del rosso e dell'arancio che rimbalza dalle dune al cielo in fiammate di colore li ha assorbiti completamente, facendoli sentire ognuno parte di una sua fantasia.

Beatrice ha avuto la sensazione di attraversare il purgatorio per come sua madre (che cosa non è riuscita a non fare sua madre nella vita?) lo spiegava a lei e ai bambini al catechismo. Una pena l'ha già pagata, le suole di gomma delle scarpe da ginnastica che bollono (l'aveva detto Yusdra di portare le pedule, perché non l'ha ascoltata?).

Marco non trova un ritmo giusto per la camminata, continuamente distratto nel tentativo di combinare la rima con *rosso, non posso, a ridosso, c'è un masso, prendi un sasso*, anzi *scaglia il sasso, c'è un tasso,* o meglio *una fossa, un colpo di tosse, e anche se fosse?*

Roberto non vuole fare brutta figura, si sente obbligato a tenere il passo. Passo: parola che, se lo sapesse, potrebbe prestare a Marco e gli farebbe pure piacere, in fin dei conti che cosa resta da fare in quel pezzo di mondo se non... se non... com'è quell'altra parola che piaceva tanto alla prof, Irene? (a proposito chissà come starà) quella parola... col-colla-collabo-ra-re... che noia collaborare con il-merdoso, ma tant'è, mica potrebbe collaborare con un cammello o cavolo di dromedario sia. Un paio di chili li ha persi nel cesso (altra parola che potrebbe prestare a Marco e lo divertirebbe ben di più) che ha dovuto cedere al guerrigliero. Lo capisce da sé che per camminare, attività del tutto inutile nella vita civile, sarebbe meglio perderne un'altra ventina, di chili, o anche solo dieci, via.

Yusdra si sente a casa. Sta facendo camminare gli occhi, prima ancora delle gambe. Sta facendo camminare gli occhi, per non far camminare i dubbi.

Scurisce e tutti sono obbligati a mantenere la fila indiana senza allontanarsi di lato, per non perdersi o finire nelle sabbie mobili o altre bazzecole del genere.

In compenso, il cielo è un soffitto vicinissimo con stelle grandi come lampioni. Toglie il fiato.

Una sentinella chiude la carovana proteggendola alle spalle.

La temperatura cala rapidamente e, all'inizio, è un sollievo.

Roberto ha il fiatone. La sentinella a cavallo, che lo

sente respirare con difficoltà, galoppa fino al capo cammelliere. Due colpi di corno e la lunga fila rallenta per una breve sosta. Gli danno da bere un infuso ricavato da una radice mescolata con miele. Roberto si sente subito meglio, nessuno a casa l'ha mai curato così rapidamente e con tanta efficacia. Gli altri bevono tè e bevande calde. Beatrice e Marco apprezzano molto la sosta e il tè alla menta. Yusdra è contenta di quel piccolo successo, nel mare di dubbi che lo sguardo non è del tutto riuscito a fugare.

Comincia a fare molto freddo. Verso le undici di sera, un lungo suono di corno e gli *yu-yu* delle donne annunciano la sosta per il bivacco. Si accendono i fuochi. Il cous-cous è servito in ciotole di terracotta, da cui tutti attingono con le mani. Yusdra e i ragazzi sono ospitati nel cerchio di una famiglia piena di bambini, curiosi ed eccitati dalla novità. Roberto, con lo stomaco ancora in disordine, non mangia.

Il cous-cous alla carne di montone è eccellente. Nessuno cerca di prenderne più degli altri. Una ragazzina di tre anni, Zhora, si è seduta sulle ginocchia di Beatrice e mangiano insieme. Vengono offerte bevande e zuppe calde, piacevoli da tenere in mano, quando il freddo si fa pungente. Marco controlla la temperatura. — Non ci posso credere! Siamo vicino allo zero e scende sempre di più!

Ci si scalda con i canti, i tamburi e, per chi vuole, primi fra tutti i bambini sotto i benevoli occhi dei genitori, le danze. Marco smette di pensare ai suoi ritmi, si alza e si scalda seguendo la musica con movimenti più morbidi del solito. Gli ricorda quando con il padre batteva i piedi sulla neve, nelle notti di capodanno, bevendo vin brûlé, in attesa della fiaccolata degli sciatori.

Zhora prende per mano Beatrice e la fa ballare con lei, molto più divertente della festa dell'oratorio. Si alza anche Yusdra che, man mano, ritrova i morbidi movimenti dei fianchi e delle braccia.

Roberto la guarda con una certa ammirazione, balla molto, ma molto, ma molto meglio di Deh con l'acca. Chissà se gli ha lasciato dei messaggi, quella lì. Chissà che cosa staranno facendo... Sorride.

Marco gli chiede che cosa lo diverta tanto e lui, in un orecchio: — Ci staranno cercando dappertutto... Certo la gita gliel'abbiamo rovinata!

Ride anche Marco, che lo dice a Beatrice, che lo dice a Yusdra. Si guardano complici.

Tende e ripari vengono issati con gesti sapienti e rapidi.

Le sentinelle si dispongono a cerchio intorno all'accampamento, qualcuna di loro armata.

— Per gli animali — spiega Yusdra a Beatrice, che cerca rassicurazioni. — Quelli più grossi, iene, sciacalli...

— Andiamo bene! — commenta lei, per niente rassicurata.

I grandi sussurrano per non svegliare i bambini. Yusdra riconosce il profumo di un unguento, si guarda intorno:

una donna si sta massaggiando i piedi indolenziti, seduta davanti alla tenda. Offre la pomata a Yusdra. — Usane quanta te ne serve. L'ho preparata io.

Yusdra si sente sempre più a casa.

L'accampamento prende sonno, discretamente.

Il capo cammelliere passa di persona a controllare la sua gente, si ferma davanti ai ragazzi sdraiati a cielo aperto, uno accanto all'altro nei tre sacchi a pelo. Borbotta in arabo contro chi non ha ancora capito che nel deserto, di notte, fa freddo e, senza tanti complimenti, conficca nella sabbia un bastone tra i corpi stesi e vi aggancia al centro un telo.

Yusdra sbuca da sotto il telo, si scusa per il fatto che il suo gruppo non sia attrezzato con un riparo e aiuta l'uomo ad ancorare gli angoli ai paletti. Dal passato riemergono gesti conosciuti, le sue mani annodano le corde, come si deve fare.

L'uomo la osserva con attenzione. — Sei tu quella della tribù di Leyla?

Dopo giorni di viaggio, finalmente si è addormentata. Da seduta, ma si è addormentata. Le figlie e le nuore la distendono con cautela, per non svegliarla.

Tirarla giù dal dromedario non è stato facile.

Le anche sono lì lì per spezzarsi a ogni movimento.

Il femore sembra attaccato per un filo di bava al tronco.

La magrezza è impressionante.

Il portone è stato aperto con una grande chiave di legno. Non è stato facile. Leyla ha dovuto cercare e incastrare meccanismi, calcolare il numero esatto di mezzi giri all'indietro, di mezzi giri in avanti, le piccole spinte, i quattro colpi decisi e ricominciare tutto daccapo quando un passaggio non era eseguito alla perfezione. Tutto questo percorso è disegnato sulla coscia di Leyla, ma il codice è reso illeggibile dall'eccessiva magrezza, dalle pieghe della pelle. E la vecchia è così cocciuta che non ha voluto mostrare il tatuaggio nemmeno alla figlia maggiore. Ha provato e riprovato finché nella mente sono riemersi i passaggi nella giusta sequenza e le sue dita di pelle e ossa hanno fatto scattare la serratura della casa-cassaforte, della biblioteca di famiglia. Dello scrigno degli antichi manoscritti.

È entrata, regina assoluta della casa d'argilla, isolata dal caldo del giorno e dal gelo della notte da un'intercapedine in cui aperture a triangolo (come i tatuaggi alle tempie e sul mento) fanno circolare l'aria e mantengono una temperatura più bassa di giorno e più temperata di notte. Si è mossa con agio nel buio, condizione in cui si trova ormai meglio che in piena luce.

Ha accarezzato le librerie, l'antica madia, le casse e le teche zeppe di libri.

Le figlie e le nuore hanno spolverato gli antichi legni, le pergamene di pelle di capra, i manoscritti e i trattati. Poi hanno steso il tappeto, i cuscini e, finalmente, Leyla si è seduta e ha bevuto il tè.

Così si è addormentata, e così figlie e nuore l'hanno

delicatamente fatta stendere e l'hanno coperta con i teli di lana cruda.

— È per i nodi — spiega sbrigativo il capo cammelliere.

E Yusdra, che quei nodi ha imparato a fare da piccola, risponde con orgoglio e senza più nascondersi. — Sì, sono della tribù di Leyla.

— Tu e i tuoi amici: vi porto solo fino a un certo punto. Non ci posso arrivare, alla Città della Sapienza, non posso passare il confine.

— E come facciamo, da soli?

— Da dove vi lascio, avete solo poche ore per superare la linea di confine, sulla montagna. Poi c'è la strada statale, dove facilmente troverete un passaggio. Qualche delegazione umanitaria si azzarda ancora ad andarci, con camion di aiuti.

— È pericoloso?

— L'hai visto con i tuoi occhi, al mercato, no? Mica sono passati di lì senza far danno, quelli.

— Perché, cos'hanno fatto?

— Ce ne siamo andati in tempo. Si sono presi un paio di volontari…

— Eh?

— Ordinaria amministrazione, le organizzazioni pagano il riscatto e quelli li liberano, ma io guai per la mia gente non ne voglio. Sono stato chiaro, ragazzina?

— Ma noi… da soli, come?

— Voi siete caccole, caccole del deserto, chi vi tocca?

Una cosa te la prometto: vi tengo d'occhio da lontano. Tu, però, spiegalo bene ai tuoi amici, che non devono sgarrare, che non devono farmi rallentare la marcia. È chiaro?

— Chiarissimo.

— E fallo mangiare di meno, quello grosso. Se sta male, non posso metterlo in groppa, le bestie sono cariche all'inverosimile.

— È tutto?

— No, lo sai che non è tutto... Comunque, da lontano non si capisce che sono italiani. Non farli mai scoprire. E che il Cielo vi benedica.

— Grazie, signore.

— Dovere. Il telo è compreso nel prezzo. Potete tenerlo.

Carica di una nuova responsabilità, Yusdra s'infila nel sacco a pelo di Beatrice, che subito la interroga: — Che ha detto?

— Che va tutto bene. Tutto bene. Dormi. — Si spinge invece con la testa fuori da un lembo del telo e butta via l'ansia con un respiro profondo.

Una stella gigante cade giù come una benedizione.

"Facci arrivare sani e salvi. Grazie."

37

Un passo, due passi, un numero infinito di passi

Un passo, due passi, un numero infinito di passi.

Dopo cinque giorni, Roberto ha perso abbastanza peso perché l'intera figura risulti più alta e del faccione di luna piena di una decina di giorni prima non ci sia quasi più traccia. Sulla pelle abbronzata spiccano gli occhi azzurri, riparati dalle ciglia scure, il naso e la bocca sono ben disegnati, come la mascella.

Insomma, non è brutto.

— Aaanzi! — nota Beatrice, costringendolo a guardarsi nello specchio d'argento della mamma di Zhora.

C'è stata la sosta nell'oasi, da tutti benedetta. Nel minuscolo hammam si sono affollate prima le donne, e nessuna ha fatto domande sulla ragazzina dal viso scottato. Le altre bambine hanno guardato il corpo bianchissimo di Beatrice con curiosità, le donne hanno applicato pomate decongestionanti sulle guance. Per lavarsi, le hanno dato il sapone nero e un guanto che gratta lievemente e fa il solletico, fino a restituire alla pelle la morbidezza di un neonato. Poi l'hanno massaggiata con pane d'ambra e olio. I capelli fini, liberati dai nodi e dalla sabbia, sono stati pettinati a lungo e con cura da Zhora. Beatrice ha detto a Yusdra che nemmeno in una spa dell'Alto Adige, dove è stata un'amica di sua madre, fanno dei trattamenti così speciali. Le piace essere coccolata, stare al centro di tanta attenzione.

Yusdra si è immersa nei suoni conosciuti, parole, parole delle donne. Sull'amore, sulle suocere, sui figli, sugli uomini, e qui le parole si fanno sussurri. Parole e risate. Gocce di vapore scendono dalle pareti in mosaico, gocce di sudore dai corpi lucidi. Corpi snelli delle donne in cammino, corpi opulenti delle donne che si sono fermate. Anche il corpo di Yusdra è snello e la mamma di Zhora, vedendola nuda, le ha sorriso, come si sorride a qualcuno che sta per entrare nel tuo mondo. Corpi tatuati, come il corpo di Leyla, di cui Yusdra ricorda i segni sulla coscia che da bambina, all'hammam, percorreva con l'indice.

Un giorno, capretta, con questi segni aprirai la porta della casa dei libri. Prima, però, devi crescere. Solo quando la pelle è ben tesa e le cosce lunghe della loro ultima lunghezza, allora, solo allora si potrà disegnare il tatuaggio.

Cosce lunghe della loro ultima lunghezza… Yusdra ha sbattuto la testa un paio di volte, ha l'impressione di crescere a vista d'occhio, ha provato a rimettersi i jeans e le stanno corti di un palmo. Quanti centimetri ancora da conquistare? Quanto le manca per avere cosce lunghe *della loro ultima lunghezza*?

La pelle è tesa e turgida.

Poi è stato il turno degli uomini, mentre le donne si sono sparpagliate nel suq, il piccolo dedalo di bancarelle e negozi dell'oasi, uno sciame profumato e allegro con i bambini attaccati alle tuniche che reclamano mandorle croccanti e dolcetti di sesamo.

Dal venditore di gioielli, Yusdra e Beatrice hanno comprato una cavigliera con campanellini d'argento.

— Il suono delle fate! — ha esclamato Beatrice.

La indosseranno a turno.

Nell'hammam, per Marco e Roberto parrebbe arrivato il momento della verità. Hanno molto tergiversato, prima di entrare nelle vasche. Intanto i corpi degli uomini e dei ragazzi della loro età appaiono statuari e magnifici al loro confronto: magro e sproporzionato quello di Marco, non ancora tonico quello di Roberto, che però, con un asciugamano intorno alla vita, ha avuto il coraggio di montare su una bilancia e per poco non l'ha distrutta, mentre ci saltava sopra, esultando: — Quindici chili di meno! Quindici! Cioè, fammi capire, ho cagato per quindici chili?

— Per favore! — ha esclamato schifato Marco, mentre tutti applaudivano.

Poi, sempre con un asciugamano legato in vita, sono entrati in acqua, suscitando le risate degli altri per la loro riservatezza, che però ha evitato l'un l'altro il momento più temuto: quello del confronto.

È ripreso il cammino e dopo un paio di giorni tutti puzzano di nuovo come il giorno prima del bagno.

A volte la pista si allarga e allora si procede a gruppi.

I ragazzi italiani sono stati ormai adottati dalla carovana. Alcuni parlano loro in un italiano stentato, ma si fanno capire, hanno una capacità straordinaria di imparare nuovi suoni e lingue. Yusdra si preoccupa un po' di questa confidenza, teme che qualcosa possa trapelare. Si sente al sicuro, finché sta al seguito di questa gente, ma poi? Li tradiranno? Vuole assolutamente arrivare alla Città della Sapienza, incontrare nonna Leyla. Poi sia quel che deve essere. Chiede rassicurazioni al capo carovana, che le pare persona di parola.

— Non ci tengo a sapere niente di te e dei tuoi amici — risponde lui. — Il mio compito è rispettare il nostro contratto e lasciarvi in buona salute dove è stato stabilito. Garantisco per la mia gente. Nessuno di loro ha interesse a parlare di voi con chicchessia. L'ultimo tratto è rischioso, te l'ho già detto. Che il Cielo vi assista.

Roberto e Marco stanno imparando dai loro coetanei i segreti della sopravvivenza nel deserto, come accendere il fuoco strofinando i legnetti secchi. Marco sostiene che è molto più facile che in un campo scout, con la legna bagnata.

Sono morti di paura quando hanno visto a distanza ravvicinata un enorme scorpione viola. Hanno guardato con ammirazione un ragazzino di soli dieci anni afferrarlo per la coda e, con un gesto secco e preciso, togliergli il pungiglione.

Imparare a far alzare un dromedario sembra, almeno a Roberto, la cosa più complicata. Ci passa delle ore.

— Su dai, bello. Fallo per me. Alzati... e dai, che ti costa? Ma guarda un po' questo mastica-orizzontale che non fa nemmeno una piega... Ho detto ALZATI! Macché, non si muove, neanche a pagarlo. E pensare che mi bastava fare così — schiocca le dita — per farmi servire da Giovanni e Nicolò.

— Ma lui — Marco indica l'animale beatamente seduto — lui è più intelligente dei tuoi tirapiedi!

— Spiritoso!

— Su dai, alzati, bello! — Marco strizza l'occhio a Roberto.

— Non ci posso credere! Ma come-come cavolo hai fatto! Un momento, Marco...! Mastica-orizzontale aspettami! Dai, sono stanco, non lasciarmi indietro... Marco! Marcoooo!

Invece, la sera, se la cavano bene entrambi a piantare il doppio telo, lasciando un'intercapedine in modo che circoli l'aria e che resista ai colpi di vento e di sabbia. Hanno imparato a fissare insieme le corde ai paletti, senza farsi la guerra.

Mentre per il pesce-sabbia, la partita è persa. Guizza peggio delle anguille. Ogni volta che ci provano, si ritrovano con il muso a terra. E tutti hanno imparato che bisogna stare attenti alle piene.

— Piene nel deserto? — sgrana gli occhi Beatrice.

— I corsi d'acqua sono rari, com'è evidente, ma ce n'è qualcuno, altrimenti non esisterebbero le oasi, no? Il fatto è che possono essere riempiti da un improvviso temporale. E i fessi che si sono accampati lì vicino non fanno nemmeno in tempo a scappare...

— Di solito quel primato ce l'abbiamo noi scout, dico di accamparci dove viene giù la piena, ma che succeda proprio nel deserto, è assurdo!

Beatrice è praticamente stata adottata dalla famiglia di Zhora, ha imparato a cucinare cous-cous e zuppa di miglio al latte. Sa come prendere la gomma arabica dalla resina della corteccia dell'acacia, gliel'ha fatto vedere Zhora con le sue manine. Le ha insegnato a masticarla, mentre si cammina, quando la marcia non può essere interrotta e si ha fame e sete. Ne ha messa un po' nello zaino, le hanno spiegato che serve per stabilizzare i colori, non vede l'ora di usarla, quando potrà sprecare acqua per dipingere. Intanto, la sera, prima di addormentarsi, disegna sulla sabbia con Zhora: dromedari, la carovana, l'oasi, le palme, ma anche una montagna e il lago.

Per spiegare alla bambina che dalle sue parti il mondo è verde, prende la garza verde del suo vestito e l'appoggia sopra la sagoma della montagna. Un soffio di vento e si ricomincia daccapo.

Sa anche riconoscere le bacche velenose, da cui spremere unguenti rari, e raccogliere le foglie commestibili. Sa come si cuoce un uovo su una pietra rovente e ha visto come le donne cuciono, da una pelle di capra, l'otre che conserverà l'acqua a una temperatura più fresca.

Yusdra cerca di carpire dal capo carovana il segreto dell'orientamento delle stelle, ciò che le permetterà, un passo dopo l'altro, di avvicinarsi alla meta.

La settima notte, la mano di Yusdra trova il vuoto accanto a sé. Beatrice non è nel sacco a pelo. La chiama sottovoce. Nessuna risposta. Preoccupata, si alza e si guarda intorno, nel pallido chiarore di una luna a falce. Fa freddo. Agguanta la giacca a vento di Malika e comincia la sua ricerca. Non vuole preoccupare nessuno, non si sveglia inutilmente chi riposa dopo una giornata di marcia. Orme sulla sabbia vanno in una certa direzione, le segue. Alle sue spalle è ancora ben visibile l'accampamento e le braci del fuoco.

Le orme scompaiono cancellate dalla sabbia che le pare più scura. Si china. Al tatto, è quasi umida. Non è un buon segno. Il cuore comincia a batterle forte: sabbie mobili. Beatrice si deve essere alzata sonnambula, forse è andata da quella parte, finendoci dentro senza nemmeno accorgersene. Tornare subito nell'accampamento a cercare aiuto o addentrarsi in quella zona pericolosa?

È un lamento a farle prendere la decisione giusta. Procede con molta cautela verso quella direzione.

— Beatrice!

— Yusdra! — risponde l'amica con la voce rotta dalla fatica.

Yusdra si sdraia, stando bene attenta a restare in una zona sicura. — Fa' come ti dico, c'è un modo per uscire di lì.

— Non sono sola.

Yusdra comincia a intravedere due figure. Una è quella di Beatrice mezzo affondata, l'altra è un corpo piccolo, completamente abbandonato sulla superficie. È Zhora, e stranamente non piange e non si lamenta. Deve essere morta, pensa con orrore.

— Sto tenendola su — dice Beatrice con un filo di voce.

— Non serve, lei è...

— Non urlare, sta dormendo.

— Come ci siete finite qui?

— L'ho seguita, è sonnambula.

— Devi lasciarla andare lo stesso, lei galleggia!

— Tu sei pazza. La terrò a galla io finché questo schifo non mi avrà inghiottito del tutto!

— Fai come ti dico!

— No!

— D'accordo, la prendo io, ecco guarda, l'ho afferrata! — Una bugia indispensabile. — Ora lasciala andare! —

le ordina a voce bassa, ma perentoria. — Buttati con la testa, il busto e le braccia sulla superficie, come se stessi nuotando, capito?

— Non è possibile, le gambe vanno sempre più giù, mi sta portando via. — La voce è rotta dal pianto. — Ti prego, di' alla mamma che non sono cattiva, che le voglio bene, e anche ai gemelli voglio bene. Diglielo! E anche a Margherita, e ai miei fratelli! E a mio padre! — I singhiozzi la scuotono.

— Butta il busto sulla superficie e non agitarti, fai movimenti morbidi e lenti se li vuoi rivedere, i tuoi fratelli e tua madre.

Zhora, intanto, continua a galleggiare, Yusdra sa che se anche le afferrasse una manina, morbidamente abbandonata all'indietro, dovrebbe tirarla a sé con molta cautela, per non farle cambiare posizione. Ma qualcosa fa girare la piccola su un fianco. Un animale? La presa di Beatrice che è mancata?

Adesso sì, anche Zhora, ammesso che sia viva, perché è ben strano che stia dormendo sulle sabbie mobili, è in pericolo: se per caso si girasse a testa in giù, soffocherebbe in quella fanghiglia.

Yusdra si sporge ancora di più e lievemente, con la punta delle dita, riesce a voltarle il capo. Potrebbe afferrarla per le treccine e cercare di portarla a sé, ma la bambina si sveglierebbe, si agiterebbe e allora sarebbero perdute entrambe. Bisogna salvare Beatrice.

— Ascolta, è successo anche a me. — Bugia più facile

da dire. — E mi hanno spiegato che cosa fare, ne sono uscita, capito? Ma devi sdraiarti come se tu fossi sull'acqua, come per galleggiare, ragiona, è una legge fisica!

— Sono pesante, troppo pesante, il fango mi tira giù…

— No, le braccia sono libere, brava, così… stendile. Anche il busto adesso, forza!

— Non ce la faccio.

— Sì, invece. Non costringermi a urlare, altrimenti Zhora si sveglia e io non riesco più a tenerla. Fa' come ti ho detto.

— Che schifo, mi è venuto in bocca tutto il fango.

— Fregatene. Sdraiati con il busto. Ecco, adesso, con movimenti lenti tira su il sedere e almeno una gamba…

— Oddio come pesa…

— Forza! Forza! Brava, così. Ora tira su anche l'altra gamba, forza, striscia verso di me!

Un rumore alle sue spalle. È il capo carovana. Solleva di peso Yusdra e si mette al suo posto, allunga una mano e afferra la manina di Zhora. Dolcemente la attira a sé. Yusdra si china a prenderla tra le braccia. La bimba si sveglia, si spaventa, scoppia in un pianto dirotto, ma è salva.

Intanto, anche Beatrice cerca di strisciare verso la riva. L'uomo l'afferra saldamente per le mani e le dà l'ultimo strattone per tirarla fuori.

Le donne hanno scaldato l'acqua e l'hanno versata in un enorme catino nero, fatto con la gomma dei copertoni. Ci stanno lavando Beatrice e Zhora, che non vuole staccarsi dal suo abbraccio. Ce n'è poca di acqua, non è proprio come nella vasca di casa, con il bagnoschiuma, ma è molto piacevole dopo essere stati invischiati in quella melma sabbiosa. Controllano che non siano state punte da zecche e altri animali. Beatrice è investita da una raffica di domande. Yusdra traduce per tutti. La leggenda della ragazzina italiana che ha salvato la piccola sonnambula del deserto corre di bocca in bocca, acquistando particolari sempre più improbabili. Alla versione "e poi c'era un demonio che voleva portarsi via la piccola" qualcuno si ribella con fermezza: — Non ci sono demoni, qui!

Gli *yu-yu* festosi delle donne ringraziano l'angelo bianco che ha salvato la piccola figlia del deserto.

È l'alba, e il corno del capo carovana annuncia la ripresa della marcia.

Un passo, due passi, un numero infinito di passi.

Beatrice si sente forte.

Non è una potenziale assassina.

Potrebbe spiegare a sua madre perché è scappata.

Potrebbe persino chiederle perdono.

Roberto le si avvicina e strizzandole l'occhio: — Ehi, come-ti-chiami, sei forte, però!

38

Soli

Al tramonto del dodicesimo giorno, a poche ore di marcia dal confine, gli addii.

Zhora non vuole lasciare Beatrice.

I ragazzi salutano con abbracci Marco e Roberto.

Il capo carovana fa le sue raccomandazioni a Yusdra.

Seguire la pista fino a che cala la notte.

Bivaccare.

Coprirsi bene. Sulla montagna fa ancora più freddo.

All'alba, riprendere la marcia e proseguire per tre ore.

Superare il passo e, una volta di là dal confine, scendere fino all'incrocio con la statale.

Sedersi e aspettare il convoglio umanitario.

Manderà una sentinella a cavallo a controllare che tutto vada bene.

Le donne lanciano *yu-yu* di addio, che rimbalzano con echi malinconici sulle pareti della montagna che dovranno superare.

Poi la carovana si predispone al cammino. Perché

questa è la vita nel deserto, dove il camminare vale più dell'arrivare.

Non per Beatrice, Marco e Roberto, che si sentono stanchi e tristi.

Non per Yusdra, che cammina per la meta.

E in fin dei conti, forse tutti e quattro camminano per qualcos'altro. Per tornare?

Una vaga nostalgia di casa s'impossessa di quel tramonto, ancora più bello di tutti quelli visti finora. Viola e blu. Con macchie che Beatrice vorrebbe pennellare subito, così come le vede, usando una spatola, o forse anche le mani, con il colore denso, non con gli acquerelli. Il viola soprattutto è come se avesse uno spessore. Dovrà ricordarselo e provarci, appena a casa. E non sulla carta. Sulla tela.

Con Yusdra davanti a segnare il passo, si rimettono in marcia.

Un ultimo sguardo alla figura del capo carovana che sollecita i suoi con il segnale del corno.

Si marcia più adagio.

Zaini, teli, acqua e cibo ora non sono più sulla generosa gobba del mastica-orizzontale, ma sulle loro spalle. Roberto non ha esitato a prendersi il carico più pesante.

E si marcia per quasi un'ora in silenzio, sotto i larghi giri dei falchi, in compagnia dei loro stridii, che mettono paura.

Ognuno macina i suoi perché.

E lanciare col braccio, contro il cielo
i falchi a volare.

Marco pensa... e si accorge che queste parole non stanno dentro alcun rap. Sono solo parole.

Un rumore alle loro spalle li fa sussultare. Si voltano con il cuore in gola.

È la sentinella, per fortuna, che ridendo passa intorno a loro in tondo, come un cavaliere da rodeo, si sporge dal cavallo e sfila dalle spalle una buona parte del carico.

— Vi lascio acqua e cibo. Ritroverete la vostra roba tra un paio d'ore. Ci sono delle rocce a forma di cammello. Porto tutto lì, così camminerete più rapidi e leggeri. Ci si vede.

Grazie, sentinella. Grazie.

La marcia riprende silenziosa e con nuovi dubbi.

Il cammello ha due gobbe, il dromedario una. E se non troviamo le rocce a forma di cammello?

E se qualcuno ruba la nostra roba?

Se gli animali la rovistano?

Se la vipera cornuta vi s'infila, o il ragno, o lo scorpione?

Se nonna Leyla non è nella Città della Sapienza?

Se gli uomini armati passano di qua?

Se mi ritorna il mal di pancia?

Se, se, se.

Persino se Irene legge i titoli sui giornali...

Un'ora di domande che trovano come risposta la speranza, l'ottimismo.

Ma anche il panico, che è in agguato a ogni passo.

Se invece di dimagrire, muoio? Però, se dimagrisco altri dieci chili, lui vedrà quanto sono figo e lei forse... lei aprirà le persiane e la luce entrerà di nuovo in casa.

Se resisto fino alla Città della Sapienza, non mi succederà più nella vita, mai più, di alzarmi sonnambula di notte e girare come un'assassina per casa. Se resisto fino alla Città della Sapienza, avrò abbastanza coraggio per dire "no" alla madre-sforna-figli, magari non sempre, ma ogni tanto: "No, mamma." E i "sì" saranno dei buoni "sì" per tutte e due, per tutta la famiglia.

Se tu non te ne fossi andato, io sarei qui?

Sia che io viva per ricordare chi nella terra è steso a marcire

o che finisca in pasto alle iene, il tuo nome avrà vita immortale.

Scritto col sangue delle mie vene.

Se ce la faccio a portarli in salvo fino alla Città della Sapienza, ti giuro, notte scortata da milioni di ombre, ti giuro li faccio ritornare tutti a casa. Ti prego, tieni lontana la Signora Nera da noi.

Se la Signora Nera viene ora, sfiora i figli e i nipoti e si ferma su di me, come è giusto che sia, ombra della notte, per riportarmi da dove sono venuta; se la Signora Nera viene ora, la mia piccola Yusdra avrà attraversato invano il mare.

Leyla si mette seduta e ordina che siano convocati i figli maschi.

— Armatevi, prendete i cavalli e galoppate a nord. Ma galoppate!

Figlie e nuore scuotono la testa: — È pazza.

La pista comincia a salire sulla montagna brulla.

Una nuvola di polvere si solleva all'orizzonte, Yusdra si ferma. Sarà la buona sentinella o il cattivo uomo armato?

Marco controlla con il binocolo, non c'è abbastanza luce per capire.

— Dietro la roccia, forza!

Il cavallo s'impenna e la sentinella lancia quella sua risata che li fa uscire dal nascondiglio.

— Questi occhi — dice indicando la striscia dello sguardo nero tra la stoffa blu — questi occhi sanno vedere attraverso il sole e attraverso la luce traditrice che dal giorno passa alla notte. Posso fare ancora due viaggi, chi vuole montare?

Yusdra traduce.

— Digli di portare le ragazze — propone Roberto.

— Io non sono stanca — ribatte Beatrice, orgogliosa.

— Nemmeno io — aggiunge Yusdra, poi a Marco: — E tu?

— Fresco come una rosa.

Con un sorriso, Yusdra si rivolge alla sentinella. — Il gruppo non si divide. Grazie.

Grazie, sentinella.

Dopo un'ora, negli ultimi bagliori tra la luce e l'ombra, nel blu della notte che prende il sopravvento si stagliano le rocce a forma di cammello. Due gobbe. I ragazzi ritrovano gli zaini, li scuotono e preparano il bivacco.

Yusdra e Beatrice accendono il fuoco, non sfregando i legnetti, ma con comodi fiammiferi, e scaldano una zuppa. Marco e Roberto montano il riparo.

Schiena appoggiata ai cammelli di pietra, tenendosi per mano, guardano la gigantesca palla della luna divorare l'oscurità.

Tutti i loro se, in questo momento, sono un'unica certezza.

Se il gruppo non si divide, ce la faremo.

È Marco a svegliare gli altri con il caffè. Se la sono presa comoda, hanno dormito più del solito, il sole è già alto. Naturalmente il caffè se l'è rovesciato addosso, ustionandosi anche un po', ma la buona volontà è apprezzata.

Rapidi sistemano i bagagli e si rimettono in marcia.

Il passo è sostenuto, anche se sono costretti a rallentare sulla salita.

Quando arrivano al valico, sulla linea di confine, il panorama è straordinario. Il deserto diviso in due dalla catena montuosa. La strada statale è laggiù, a valle. Si passano il binocolo.

— Il greto di un fiume! Acqua!

— Delle luci, là in fondo! — urla Beatrice, indicando

i bagliori del sole che si riflettono su uno specchietto in movimento, o almeno così sembra.

Yusdra si fa passare il binocolo. — Potrebbe essere il convoglio!

Si precipitano, correndo giù per la discesa.

Anche Yusdra si fa prendere dall'entusiasmo, poi ragiona, sa che è pericoloso, sa che non si può rischiare nemmeno una slogatura. Li richiama all'ordine, ma non c'è niente da fare. È bastato un briciolo di civiltà, l'idea di un'automobile, per ridiventare chiassosi, disordinati, irruenti, per spostare le sedie facendo un chiasso indiavolato.

E che chiasso sia.

Sì, di corsa anche lei, giù per la discesa, ridendo, prendendo a calci la nostalgia, la paura e gli zaini.

Giù verso la strada.

39

Caduta libera

Il primo a cadere, com'era prevedibile, è il più impacciato: Roberto.

Un volo da paura, per Yusdra che lo vede dall'alto.

— Stooop! — urla agli altri due, che frenano la corsa e finalmente riescono a fermarsi.

La valanga umana giace immobile, mentre Yusdra si precipita giù. Marco e Beatrice risalgono fino a lui.

"Lo sapevo, lo sapevo, lo sapevo!" Non se la perdona, Yusdra, quella leggerezza, quell'avergli lasciato prendere la mano e mettersi in pericolo.

Ora gli sono tutti intorno. Roberto è rannicchiato a terra, immobile, la testa abbandonata sullo spigolo di un sasso. Occhi chiusi.

Lo chiamano. Non dà segni di vita. Poi un lieve sollevarsi del petto li rassicura. Respira ancora.

— Bisogna fargli la respirazione bocca a bocca — si agita Beatrice. — Me l'hanno detto agli scout.

— Anche a me. Ma non so come… — Marco è terrorizzato.

— Il cellulare, chiamiamo qualcuno! — Yusdra è decisa.

— Sei sicura? Non è che poi ci rintracciano?

— Sbrigati!

Marco rovista nello zaino.

Beatrice e Yusdra si chinano su Roberto. Delicatamente lo girano sulla schiena.

— Credo che si debba aprirgli la bocca e poi soffiare dentro l'aria.

— È quello che fanno nei film. Allora, Marco, questo cellulare?

— Un momento, ci mette un po' ad accendersi... speriamo che ci sia campo...

— Fai tu, Bea? Sai, io credo che lui... be'... lui non vorrebbe che fossi io, per via della... pelle, insomma, io gli faccio schifo, no?

— Non preoccuparti — risponde lei, poi prende le labbra di Roberto e gliele apre dolcemente, mentre Marco li informa: — C'è campo!

Beatrice sta per avvicinare la sua bocca a quella di Roberto, quando lui le afferra la testa con le mani e, senza pensarci due volte, le stampa un bacio sulle labbra.

— Cretino! — gli urla furente Yusdra.

Beatrice si alza, livida di rabbia.

Marco guarda strabiliato la scena.

Roberto si mette a sedere, alza le spalle e cerca di minimizzare. — E dai, non si può più neanche scherzare, adesso!

— Non su di me. — Beatrice si gira verso di lui. Due lacrimoni spuntano dalle ciglia.

— Però mi sono fatto male qui! — E, mortificato, indica il ginocchio sbucciato. Il sorriso con cui tenta di farsi perdonare è patetico. Il silenzio degli altri è eloquente.

Offesa, Beatrice si china a prendere lo zaino e si avvia. Yusdra si appresta a raggiungerla. La rabbia di Roberto è potente quanto l'impotenza di porre rimedio a una cosa che ha fatto d'istinto e per cui adesso prova vergogna. Afferra una pietra e sta per scagliarsela sulla testa quando il commento di Yusdra, che gli vede fare il gesto con la coda dell'occhio, lo inchioda: — Non è abbastanza grossa. Dico, la pietra.

Roberto la lascia cadere e si sente il più deficiente della terra. È allora che se ne accorge. Le zampette leggere, le antennucce ben dritte, il corpo di un caldo color biscotto a piccoli segmenti gelatinosi... Lo scorpione dalla mano sta risalendo verso il polso, sotto la larga manica della tunica.

— Oddio! Marco, per favore, aiuto!

— Non ci provare! Hanno ragione a essere arrabbiate. Lo sono anch'io.

— Non è uno scherzo, ti prego, uno... qui sotto la manica... uno scorpione gigante.

— Sì, dagli anche retta! — esclama Yusdra, che ormai ha raggiunto Beatrice, più a valle.

Andare, guardare? Prendersi una rivincita e mollarlo lì, con il suo scorpione vero o falso che sia? Marco è indeciso. Nel dubbio, gli diceva il padre, nel dubbio bisogna controllare. È così che lavora un buon avvocato.

— Se ti stai approfittando della mia buona educazione, giuro che divento più cafone di te e te la faccio pagare.

— È la verità, sta salendo sul... oddio, mi sento svenire.

Marco gli si avvicina, con cautela scosta la manica della tunica e vede l'enorme insetto esplorare beatamente il braccio carnoso di Roberto, che suda i suoi ultimi dieci chili da smaltire, tutti in una volta.

— Fermi tutti!

Yusdra e Beatrice si fermano, ma ancora non si girano.

E a quel punto Marco sbotta per la seconda volta con una parolaccia: — Merda!

Marco che dice una parolaccia? Deve essere grave. Yusdra sbuffa e risale.

Beatrice, orgogliosamente, resta sul posto, voltando le spalle, ma in tasca le dita si incrociano nell'augurio di buona fortuna, gli occhi si strizzano, i denti mordono il labbro.

Marco si sta chinando sul braccio di Roberto.

— Fermati, faccio io! — gli sussurra Yusdra, come se l'animale potesse sentirli.

— Shhh! — E Marco afferra con la mano destra lo scorpione per la coda e con la sinistra gli strappa il pungiglione. Poi scaglia la bestia il più lontano possibile.

Ce l'ha fatta. Sta per venirgli un infarto, ma ce l'ha fatta!

Le dita di Marco, mascella ancora serrata dall'adrenalina, mostrano il trofeo.

Le dita di Beatrice si sciolgono.

Si scioglie anche Roberto, che finalmente ricomincia a respirare.

Risoluta, Beatrice arranca fino a lui e gli assesta uno schiaffo sulle guance sode (e non più paffute), facendosi perfino male.

Tra le lacrime Roberto annuisce. — Me lo meritavo.

Riprendono il cammino, senza correre questa volta. Comincia a fare parecchio caldo, soprattutto mentre si scende a valle.

Roberto si avvicina a Marco: — Grazie.

— Solo buona educazione — risponde l'altro, sorridendogli. — Però potresti insegnarmi il tuo potente destro!

— Contaci!

Poi il miracolato va verso Beatrice: — Mi perdoni?

Beatrice arrossisce.

Marco non può fare a meno di accorgersene. E non è l'unico ad averlo notato. Incrocia lo sguardo complice di Yusdra. Le fa l'occhiolino. Yusdra sorride apertamente con uno strano, lieve imbarazzo. Poi avanza di un passo. In fin dei conti è lei il capo carovana, ora.

Eccoli sul ciglio della strada, seduti uno accanto all'altro.

Yusdra ha un ricordo preciso, tenero. Si gira verso gli altri. — Come Irene, no? Quando ci ha raccontato che ha girato tutta l'Europa in autostop, da ragazza.

Già, come Irene. Un velo di tristezza sul volto di tutti.

— Si arrabbierà, quando leggerà i giornali.

— No, farà di tutto per guarire e venire a prenderci! — Yusdra rassicura Beatrice.

— Se lei ritorna, prometto, lo prometto, mi siete testimoni... Se lei ritorna a insegnare da noi, io mi metto a studiare sul serio! Perché non dovete pensare che sono stupido.

— Che “sia” stupido, sai... quella cosa che si chiama congiuntivo — lo corregge Marco.

— Che *sia* stupido! Io per esempio, io un sudoku, livello esperto, te lo risolvo in sette minuti e senza un errore!

Sì, come no! Se la ridono gli altri, e la soddisfazione di credergli non gliela danno.

Divorano i dolcetti.

Sgranocchiano le noccioline.

È piena mattina, la temperatura comincia a diventare insopportabile.

Bevono a più non posso, tanto stanno per arrivare finalmente alla Città della Sapienza. Oltre ai libri, ci sarà un bar! Forse anche dei gelati! Sììì! Il gelato!

Al solo pensiero del gelato, il caldo lo si sente ancora di più. Non si potrà stare sul ciglio infuocato della strada ancora per molto ma, d’altra parte, non si può nemmeno perdere l’occasione di un passaggio.

È intorno a quest’argomento che stanno discutendo, quando sentono un motore.

Il rumore arriva dalla giusta direzione.

È un camion!

40

In trappola

Rapidi raccolgono i bagagli e fanno cenni.

Traballante e scassato, il camion passa loro davanti e non accenna a fermarsi. Delusi, si sbracciano ancora di più. Poi eccolo, si ferma qualche decina di metri più avanti. Corrono carichi di speranza. Dalla cabina scende un ragazzo, potrebbe avere la loro età. È magrissimo e zoppica dalla gamba destra.

Gli sorridono.

— Per favore, ci date un passaggio? — si fa avanti Yusdra.

— Dove andate?

— Alla Città della Sapienza.

Il ragazzo annuisce appena, come a dire: aspettate. Poi sale a confabulare con il guidatore.

Passano minuti di silenzio.

Finalmente la portiera si riapre e quello scende. Zoppicando costeggia il camion, apre il portellone sul retro e fa loro segno di salire.

Un po' intimiditi, i ragazzi si guardano l'un l'altro.

Yusdra, presa dall'entusiasmo di aver trovato un passaggio, fa cenno di sì.

Sale per primo Roberto, che aiuta gli altri a montare, ma solo quando il ragazzo chiude con forza il portellone, si accorgono che non ci sono spiragli né uscite, a parte una grata arrugginita che li isola dalla cabina di guida.

Il camion si rimette in moto.

L'atmosfera non è cordiale.

Yusdra si avvicina alla grata e chiede ai due quanto tempo ci vorrà per arrivare alla Città della Sapienza. Come unica risposta ottiene una generica alzata di spalle dell'autista, un tipo grande e grosso, con in testa un cappello da baseball portato con la visiera all'indietro, come un turista americano. Puzza orribilmente di sudore. Ma anche loro puzzano di sudore. Là dentro, senz'aria, si soffoca.

— Possiamo pagare — azzarda la ragazzina.

— Oh, certo che pagherete! — Il commento dell'autista suona beffardo.

Il camion gira improvvisamente a sinistra su una pista secondaria, sballottandoli l'uno contro l'altro. La statale che va alla Città della Sapienza è abbandonata.

Yusdra protesta, non è quella la strada, dove li stanno portando?

I due ridono, poi il ragazzo si gira e con aria beffarda, buttandole addosso un fiato insopportabile di denti cariati, ordina: — Voi state buoni, che non vi succederà niente. Italiani: gente ricca. Loro pagano per bambini cattivi scappati di casa. Eccome se pagano.

Yusdra capisce. È il peggiore degli incubi: li stanno sequestrando. Difatti il ragazzo le mostra un fucile.

Marco, Roberto e Beatrice vogliono sapere.

— Siamo in trappola. È un rapimento. Chiederanno molti soldi — è costretta ad ammettere Yusdra, e si lascia andare a un pianto di rabbia per essere stata così ingenua e incauta, per averli portati dritti nelle fauci della iena.

Marco l'abbraccia e la consola. — Non è colpa tua. E poi guarda — sussurra mostrandole il cellulare acceso nello zaino.

— L'hai messo in silenzioso?

— Uh! Che cretino!

Beatrice si dispera. — Sono fregata, i miei non ne hanno, di soldi.

— Vedrete che ci rintracceranno. In ogni caso non preoccupatevi, la nonna paga per tutti.

— Anche mio padre. Piuttosto vende la macelleria!

— Non fatevi sentire, questi delinquenti capiscono tutte le lingue.

Il camion li scarica sul greto di un fiume in secca.

"Oh cavolo, la piena!" pensano, anche se sul fondo scorre un rigagnolo.

Vengono legati l'uno all'altro, mentre l'autista, un ceffo dall'aria trucida, li tiene sotto tiro con il fucile.

La piena li travolgerà e non potranno scappare, perché sono legati.

— Di solito non succede in questa stagione, la piena, dico — sussurra Yusdra, anche se non è così sicura della sua affermazione. — Mi sa che moriremo in un altro modo — aggiunge con un'ultima briciola di sarcasmo.

Invece, una volta legati, l'autista lascia il fucile al ragazzo e riparte, sollevando un gran polverone. Tenendoli sotto tiro, quello li fa entrare in un capanno vicino. Che non ci provino a uscire di lì, se staranno buoni, andrà tutto bene.

Da dentro, attraverso una finestrella, i quattro seguono le mosse del ragazzo che dà loro le spalle. Non sono osservati, possono concentrarsi sui cellulari! Anche Roberto ha acceso il suo iPhone. Per un attimo si caricano di speranza. Manderanno un SOS. Li troveranno.

Niente da fare, il messaggio non parte. Non c'è campo.

Ore di rabbia contro il destino che li ha beffati, e così vicino alla meta.

Senso di impotenza.

Nel capanno il caldo è soffocante, l'odore della paglia marcita dal tempo dà il voltastomaco. Bisogna tentare qualcosa. Decidono di non mangiare né bere, ammesso che gliene diano. Yusdra si affaccia alla finestrella a parlamentare con il ragazzo armato. Si faranno morire di fame e sete, così non varranno più nemmeno un soldo bucato, come ostaggi.

Il ragazzo si alza e viene a riderle in faccia. Yusdra si ritrae, stesa dal suo fiato puzzolente.

— Quando si ha fame, si mangia e quando si ha sete, si beve — sghignazza quello. Poi apre il rubinetto di una canna lì a terra e davanti a loro si fa addirittura una doccia, tutto vestito, sprecando la preziosa acqua. Rovescia gli zaini a terra, rovista, mangia delle caramelle appiccicate alla carta, le sputa, prende a calci la biancheria. Qualcosa lo attira: è Pantoufle, l'orsacchiotto di Yusdra. Lo lancia per aria e lo colpisce secco con un colpo di fucile. Il pupazzo squarciato cade nella polvere, lui lo fa volare lontano con un calcio.

Per tutta risposta, Yusdra applaude con un ritmo lento.

Il ragazzo si volta.

— Non fare come con il sindaco, Yu! Quello ha un fucile! — I ragazzi la guardano, terrorizzati.

Con aria strafottente, lei continua ad applaudire: — Era da tempo che volevo buttarlo, sai, cose di quando si è bambini…

— Grazie, Yu! — sbotta Beatrice. — Adesso sì che quello ci ammazza! — E in preda al panico si accuccia in un angolo, mani sulle orecchie e occhi chiusi, non vuole vedersi morire.

Roberto le si mette davanti a ripararla.

Yusdra si accascia, la testa tra le mani, svuotata. "Bastardo."

Marco si avvicina alla finestrella. Prende il coraggio a quattro mani, sorride al ragazzo e alza il pollice della mano destra: — *Nice shot!* — Bel colpo, gli dice in inglese. Non è così sicuro che la lusinga possa produrre un buon effetto, perché l'altro avanza lentamente puntando il fucile.

"Non è andata." Strizza gli occhi anche Marco.

Passa un tempo infinito.

Nessun rumore.

Li riapre.

Ore di silenzio e disperazione.

In realtà sono una somma di minuti interminabili, ma sembrano ore, in un primo pomeriggio in cui non tira un alito di vento.

Minuti a tenersi la mano, a consolarsi, a grattarsi ovunque. Pulci? Pidocchi? Beatrice vorrebbe strapparsi i capelli a uno a uno pur di non esserseli presi.

Ore a chiedersi come li abbiano individuati.

Qualcuno della carovana che li ha accompagnati fino al confine ha fatto la spia?

Impossibile.

Forse è stata messa una taglia sulle loro teste, forse la notizia è dilagata oltre l'Italia, l'Europa… e qualcuno della nave ha parlato.

Malika?

No, non è possibile!

Forse, semplicemente, li hanno riconosciuti.

Provano a escogitare un piano di fuga.

— Urlo come un'ossessa e lo faccio spaventare. — È la proposta di Beatrice. Ridicola.

— Fingiamo di aver cambiato idea — suggerisce Yusdra. — Gli chiediamo l'acqua...

— E quando entra, io gli do un pugno in testa — conclude Roberto.

Approvata.

Ma alla richiesta di acqua il ragazzo si fa una gran risata: dovranno aspettare il ritorno del compare, per avere l'acqua, tanto più che avevano detto di non voler più mangiare né bere.

Yusdra lo implora, ma l'altro s'incattivisce. È un combattente, gli ordini sono ordini, gli hanno detto di stare lì a sorvegliarli, fucile spianato, e lui sparerà su qualsiasi cosa veda muoversi.

È allora che Marco gli chiede in inglese come si chiami.

Incredibilmente quello risponde: — Combattente Amsif.

Un nome fittizio, che lascia indifferente Marco, mentre Yusdra ha un lampo: è il cognome di un noto giocatore della squadra nazionale di calcio marocchina.

— Gli piace il calcio, fallo parlare di quello — sussurra nell'orecchio a Marco. Allora lui gli chiede se conosca i giocatori della nazionale italiana e l'altro, che mastica qualche parola di inglese, risponde che gli italiani fanno schifo, in confronto agli spagnoli.

Marco ingoia una rispostaccia e si costringe a dargli ragione.

Roberto si sta scaldando, non capisce la ragione di un'amichevole conversazione sul calcio con un bastardo assassino, ma Beatrice gli sussurra all'orecchio che non è una mossa sbagliata, che Marco sta solo cercando di ingraziarselo.

A bruciapelo, anche Yusdra si rivolge al carceriere: — Però, sei uno tosto, tu! Quanti anni hai? Diciassette?

Il tipo s'inorgoglisce.

Yusdra sussurra ai suoi amici che certamente ne ha di meno, forse tredici, ma è sensibile ai complimenti, bisogna sfruttare la cosa.

Perfino Roberto ci mette del suo. — Digli che è davvero forte, insomma saper maneggiare un'arma alla sua età! Figo, no? Chiedigli dove ha imparato.

Yusdra traduce.

Sorridendo, il combattente Amsif alza le spalle.

Yusdra chiede da che tribù arrivi.

Con voce da duro, quello dichiara di essere un guerrigliero.

È stato un bambino soldato, realizza Yusdra, e spiega agli amici: — Lo avranno portato via da piccolo dalla sua tribù e addestrato a fare la guerra.

— Digli che mi batto con lui. Digli che a scuola ero il più forte. Che anch'io sono stato un… un tipo come lui, be' magari non proprio un soldato, ma… insomma, digli che lo voglio stendere, così se la prende con me e intanto voi riuscite a scappare…

Ma il ragazzo non ci casca. Se quello sbruffone di italiano vuole provarci, però, non appena arrivano gli altri, lui gli dimostrerà quanto è capace di pisciargli in testa. E aggiunge, forzando la voce: — Bianchi ricchi e sfruttatori, siete come americani. Bestie!

Tenere viva quella conversazione, pur con tutti i suoi rischi, serve a umanizzare una prigionia assurda e forse a portare il carceriere dalla loro parte, magari non subito, per ottenere qualche vantaggio.

Si affacciano a turno al pertugio della finestrella per continuare a parlargli. Marco in inglese, Roberto e Beatrice tradotti da Yusdra.

A un tratto Yusdra percepisce un movimento. C'è qualcosa là fuori. Guarda con attenzione i radi cespugli sul greto del fiume. Le dune. Le rocce della montagna. Sì, le fronde si muovono e non sembra ci sia vento. Né tantomeno la piena. Forse è il camion di ritorno...

— Shhh!

Non è il camion, piuttosto... potrebbe essere...

— L'avete sentito anche voi?

— Che cosa?

— Shhh!

— Una specie di nitrito!

— Te lo dico subito. — Marco tira fuori da sotto la tunica il binocolo e guarda: – Forse sì. Qualcosa si muove.

È il destino, la sua buona stella! Quell'intuizione, come altre volte, come quella mattina presto, a casa, quando l'aveva buttata giù dal letto alle cinque del mattino per andare in cucina a trattenere il padre. Yusdra si affretta a parlare, a tempestare di domande il ragazzo con il fucile, a tenerlo girato verso di loro, a distrarlo e, intanto, tiene d'occhio la rada boscaglia.

— Come avete saputo di noi? — gli chiede a bruciapelo.

— La televisione — risponde l'altro. — Che ti credi? Che non guardiamo la televisione, noi?

— Grande, la televisione! Allora lo sanno, che siamo qui.

— Non proprio qui — ride lui. — Qui lo sappiamo solo noi. Ah, ah!

— Comunque, siamo famosi, no? — Eccolo, di nuovo, il movimento tra i cespugli.

Il ragazzo sta per girarsi, ma Yusdra gli sorride: — Combattente Amsif, dimmi, sono venuta bene in foto? Adesso che ci avete rapiti, sarete famosi anche voi, no?

— Certo! — Il ragazzo ride compiaciuto e sembra proprio un loro compagno, la cui massima ambizione è apparire in televisione. Un po' stupido e innocente.

— Tu dovresti venire bene, hai l'aria molto fotogenica, davvero. — Yusdra si affanna.

Un rumore, d'improvviso. C'è qualcosa di familiare in quella cavalcata furibonda che si avvicina a velocità folle, in quel cappio che viene lanciato con precisione e cattura la canna del fucile, in quel colpo da maestro che lo attira a sé.

Il ragazzo disarmato si guarda intorno, è circondato da tre uomini a cavallo.

Un altro laccio è per lui, che viene trascinato nella polvere fino al cavaliere.

Arriva un quarto cavaliere, che balza giù dall'animale e svelto scardina la porticina del capanno.

— Ahmed! — Yusdra non crede ai propri occhi. — È mio cugino — esulta tra le lacrime.

Yusdra e Beatrice sono issate sul cavallo di Ahmed, Marco, Roberto e il ragazzo soldato sui cavalli degli zii.

— Ahmed, dove ci portate?

— C'è bisogno di chiederlo? Alla Città della Sapienza!

— Come avete fatto a trovarci?

— Abbiamo visto il camion che vi caricava.

— L'avete saputo dalla televisione che eravamo in Africa?

— Televisione! Ah, ah! — La risata potente scuote il torace di Ahmed, Yusdra è saldamente attaccata. — Con Leyla non serve la televisione. Ci ha svegliati questa notte, ci ha spediti a nord. Quella pazza, abbiamo detto. Poi dalla collina abbiamo visto il camion e abbiamo capito. Non è pazza. Tenetevi forte, bambine, non c'è molto tempo!

Molto tempo per che cosa?

Poi solo la galoppata.

E una fitta potente al basso ventre, un senso di svenimento. "Certamente per colpa della galoppata" pensa Yusdra. Un lieve giramento di testa, la presa alla vita del cugino si fa più salda per non essere disarcionata. Per non cadere giù, come Pantoufle, nella polvere.

41

La verità che si vuole sentir dire

Leyla si fa lavare. Dice che poi si farà meno fatica. È vestita di un semplice telo di garza bianca. Agghindata, però, con i gioielli nuziali.

Yusdra e Beatrice vengono immerse insieme in una vasca con essenze e oli, ma subito le zie si accorgono di qualcosa. Fanno uscire Beatrice dalla vasca e preparano per lei una tinozza a parte, poi confabulano con Yusdra e le spiegano la ragione di quella fitta al basso ventre. La dotano di tutto il necessario. Beatrice, curiosa, fa domande.

Yusdra si toglie la cavigliera. — È tua. A me ora ne daranno una da grande.

Beatrice la guarda con ammirazione. A lei quando toccherà? Non vede l'ora di crescere.

Marco e Roberto tornano dall'hammam con nuovi caffetani. Roberto è calato di molti chili da quando è partito, si è guardato allo specchio, nudo, e si è trovato accettabile.

Yusdra è avvolta in una lunga tunica azzurra, Beatrice in una rosa. Il tessuto è fresco e impalpabile. Profumano di ambra e rosa.

I ragazzi s'incontrano nel patio. Gli sguardi reciproci esprimono ammirazione e sorpresa, l'impressione è di essere in un momento fondamentale della loro vita, celebrato però con una cerimonia d'altri tempi.

Che ne è di Amsif, il ragazzo soldato?

È al sicuro. I farabutti che l'hanno rapito da bambino non lo troveranno mai. Verranno a prenderlo organizzazioni che lo rieducheranno, proveranno a restituirgli una vita normale. Proveranno.

Beatrice, Marco e Roberto sono accompagnati nella sala dei libri illustrati.

Leyla ha fatto arrivare le sue scuse: non può essere lì ad accoglierli di persona, li riceverà in seguito.

Per i giovani ospiti è stato preparato il tè, gelatine di frutta e dolcetti di mandorla. Sono seduti sui preziosi tappeti, appoggiati a comodi cuscini, al centro della stanza. Intorno al perimetro, scrittoi, pennelli, inchiostri colorati e pergamene. Libri e tavole dipinte a mano ovunque. Possono prendere i libri, sfogliarli. Beatrice si avvicina a uno scrittoio con pennelli e inchiostri colorati. Le fanno segno di sì, può farlo. Le danno una pergamena. Comincia a dipingere il deserto e sullo sfondo quattro figurine.

Roberto allunga la mano verso un libro con la morbida copertina di pelle. Viene voglia di aprirlo, sfogliarlo, farsi guidare da quei segni misteriosi che ipnotizzano lo sguardo. Viene persino voglia di leggere, anche in questa strana lingua, scritta come se fosse disegnata! Sfoglia le pagine, si sofferma sulle illustrazioni: cibo! Un libro di ricette. Gli fanno venire l'acquolina in bocca. È felice di essere dimagrito tanto, ma non è che si può pensare di tenerlo a stecchetto per il resto della sua vita. Divora le tavole illustrate con gli occhi, mentre la mano si allunga verso i deliziosi dolcetti di mandorla. Perfidamente, Marco glieli allontana.

Yusdra può finalmente andare dalla nonna.

Leyla è seduta su un tappeto, appoggiata a cuscini. Le gambe fanno fatica a incrociarsi nella posizione di sempre.

Yusdra ha fatto tanta strada per arrivare lì, era arrabbiata, voleva chiederle conto, e adesso l'unico istinto è quello di abbracciarla come quando era bambina.

Leyla sorride e allunga le mani, Yusdra le s'inginocchia davanti, pone le mani di lei sul proprio viso, sulla fronte, cerca la sua benedizione.

— Alzati, capretta — ordina Leyla. Le tasta il corpo, le cosce fino al ginocchio. — Sono della lunghezza giusta. È venuto il momento di passarti i segni che aprono la porta della sapienza.

Scuote un campanellino d'argento. Entra la figlia maggiore, in mano il necessario per il tatuaggio. Poi si scopre la coscia, tende la pelle raggrinzita perché i segni siano ben visibili e ordina alla figlia di cominciare a copiare.

Yusdra la ferma con una mano.

— Non li voglio.

La zia la guarda sorpresa: — Non ti farò male, dipingo solo con l'henné!

— Non posso averli. Non so chi sono.

— Ti ho mentito per proteggerti. — La voce della nonna è incrinata.

— A che cosa è servito?

Leyla ha un lieve sorriso: — A riaverti qui, un'ultima volta.

— Non si tace la verità per tenere qualcuno legato a sé.

— È saggia la mia capretta. Siediti. Dodici anni fa, quando queste gambe camminavano svelte come zampe di gazzella, si passò il confine con la mia gente, si andava al mercato dei dromedari a comperare animali per la nostra mandria. Si partì con un certo numero di persone e si tornò con un numero maggiore.

— Chi c'era in più?

— La mia capretta, la bambina nata sotto la pianta di datteri.

— Io.

— Tu e altre due persone: tuo padre e tua madre.

— Tayeb e Yamìna? — Yusdra prende tempo per riflettere. Poi, carica d'ansia: — Un momento, loro-loro erano *già* con voi. Vivevano con voi, tuo figlio Tayeb e tua nuora, Yamìna.

— Certo che no — Leyla ride. — Le nostre donne non si sarebbero mai ridotte a partorire disidratate sotto l'unico albero di datteri sperduto in mezzo al deserto, avrebbero certamente trovato l'acqua, un'oasi.

— Stai dicendomi che tu...

— So che ti si sta gelando il sangue nelle vene. Ora ti pulsa qui. — Le batte l'indice alle tempie. — So che ti senti svuotata nel sapere che non sono tua nonna, ma tu sei la mia capretta ed è quello che conta. Bevi un bicchier d'acqua.

— Come puoi chiedermi di bere la *tua* acqua? — sibila Yusdra.

— So che hai il cuore e la bocca asciutti. So che sei nel deserto delle parole. E le uniche che ti sono rimaste sono di rabbia. Bevi e sputa la tua rabbia, Yusdra.

— Spiegami. — La voce è dura.

— Le nostre regole... — Leyla sospira. — Yamìna era promessa sposa a un cugino della sua tribù e Tayeb era di una tribù avversaria, promesso sposo a un'altra ragazza. Ma Yamìna e Tayeb si amavano. Si amano ancora, vero?

Trattenendo le lacrime, Yusdra annuisce. Certo che si amano, stanno facendo un figlio e l'hanno tagliata fuori. Che destino è quello di qualcuno che sempre sarà tagliato fuori? Che nasce nel posto e nel momento sbagliato?

— No, tu non sei sbagliata, capretta. È la regola intransigente, la regola ottusa, la regola che non contempla l'essere umano, che è sbagliata. È chi non la sa esercitare saggiamente che sbaglia. La legge giusta è quella di chi sa comprendere. Ordinai alla carovana di fermarsi. Ti ho aiutata a nascere con queste mani. Ti ho benedetta: Yusdra, la bambina nata sotto una pianta di datteri. Proprio come me. — Fa' un cenno alla figlia che le mette nelle mani una pelle d'antilope, mangiata dal tempo. La srotola. Compare il disegno di un albero. Yusdra lo riconosce, è quello mostrato dall'uomo che la portò via, tre anni prima.

— Questo è l'albero genealogico della nostra tribù. Guida la mia mano sul mio nome.

Yusdra le prende la mano e le porta l'indice sul ramo dove è scritto Leyla, la poetessa nata sotto una pianta di datteri.

— Ora vai un po' più sotto... che cosa leggi?

— Una bambina sarà trovata sotto una pianta di datteri.

— È la profezia. Sei tu. Guardati intorno. Tutti questi libri, tutta questa sapienza... toccherà a te averne cura, quando sarai grande, quando avrai studiato. Studiato tanto. Lo vedi? La sabbia si sta mangiando le case dei libri. Le sommergerà. Bisogna salvarle.

Yusdra è fuori di sé. — Tu sei il poeta, non io. Tu hai il potere delle parole, non io. Tu... — Lascia esplodere tutta la sua rabbia: — Tu mi hai mentito! Tu. Che le tue parole secchino come il deserto! — Spaventata da quello che ha detto, tace.

— Oh, sì. Sento che anche tu hai il potere delle parole. Quanto a me, è venuto il tempo di lasciar seccare le mie. Già le sento andar via. Già fatico a ricordarle.

— Nonna!

— Non è me che devi invocare, ma la Signora Nera.

— Parlami, per favore... — Un dolore acuto le perfora le ovaie.

— Tayeb, Yamìna, la piccola Yusdra vivono protetti nella mia tribù. Credi sia stato facile imporvi ai miei figli? Fa' attenzione ai figli gelosi, Yusdra, quando ne avrai. La gelosia è una brutta bestia, non ti fa camminare nella vita. Ma io avevo deciso che foste dei nostri e così fu, perché il naufrago del deserto è sacro come il naufrago del mare. Noi proteggevamo voi e la buona sorte proteggeva noi. Gli affari erano fiorenti. I dromedari partorivano altri dromedari, noi si mangiava e si viveva. E le bestie erano forti, da portare sulla gobba i vecchi, le tende, i tappeti, gli utensili e i libri di questa casa. Tu lo sai quanti libri ti ho fatto leggere. E tu avevi un talento speciale, Yusdra. A tre anni riconoscevi i segni. Tu, la mia capretta. Poi un giorno quell'uomo venne da me. Si presentò con questa pergamena, si fece riconoscere così. Era uno dei nostri, veniva dalla Città della Sapienza. Disse che sapevano dov'eri.

— Chi sapeva dov'ero?

— La famiglia di tuo padre. Sarebbero venuti, ti avrebbero portata via e sarebbe stata la faida, la guerra delle famiglie. Li avevo salvati una volta, Tayeb e Yamìna, li salvai ancora. Li feci scappare in Italia da un parente lontano. Non sono stati loro ad abbandonarti, è stato il destino che vi ha separati. Eri neonata e io non ho permesso che tu affrontassi un viaggio così rischioso per te.

— Non è vero, non l'hai fatto per questo.

— Hai ragione, l'ho fatto anche per me. Tu eri la mia capretta. Ma sapevo che, prima o poi, quell'uomo si sarebbe presentato di nuovo e avrebbe portato la cattiva notizia. Non hanno mai smesso di cercarti, è gente che non perdona.

A Yusdra manca il fiato. Allora è di nuovo in pericolo. Forse ha messo anche loro in pericolo con il suo arrivo? Tempesta Leyla di domande sulla famiglia di suo padre, che gente è? Leyla le risponde che dovrà chiedere a Tayeb.

— Ma sono loro che ci hanno rapito?

— No, quelli che vi hanno preso sono balordi, fuorilegge, mistificatori che calpestano il dono della vita. Non temere, qui sei al sicuro. Verranno a prendervi presto.

— Chi?

— La gente della tua civiltà.

— Sono scappata, da quella civiltà.

— Sapevo che avresti cercato di tornare. — Leyla si mette l'indice sul cuore. — Bisognava saldarlo, questo conto. Brava capretta. — Poi dolcemente: — So che te la cavi bene a scuola. So che hai una brava insegnante, che ti vuole bene.

— Come lo sai?

— Anch'io ho il mio piccolo segreto. — Da sotto il cuscino estrae un contenitore di seta rossa e le sussurra qualcosa all'orecchio.

Yusdra è sconvolta, svuotata. La sua stanchezza si rompe

in un pianto sommesso. Leyla allunga una mano a cercarle un lembo dell'abito. Vi si aggrappa, come una bimba. Yusdra gliela afferra e, invece di scostarla, la stringe dolcemente tra le sue. Poi la abbraccia e le sente le ossa fragili come quelle di un uccellino. È rotta dalla compassione e dal dolore.

Leyla le accarezza i capelli. — La mia bella testolina — dice. — La mia bella testolina. Ora dimmi la tua verità.

E Yusdra, in lacrime, le racconta di Yamìna, del sindaco, di Irene e della sua malattia, del fuoco, dell'assistente sociale, del fratellino in arrivo, di quando ha capito che volevano mandarla via. Un vortice di parole arginate dalla saggezza di Leyla.

— Ti sei sbagliata, Tayeb e Yamìna ti hanno sempre voluto bene. E tu hai capito male. È quello che succede quando abbiamo paura, capretta. Hanno rischiato la vita per te. Ma voler bene a te non è una cosa facile, perché tu sei una persona speciale, tu sei come me, tu sai vedere quello che altri non vedono, e sai dire cose che altri non sanno nemmeno pensare. Ora voglio parlare con gli ospiti, prima che sia troppo tardi.

A ognuno di loro la stessa domanda.

— Quale verità vuoi sapere, o vuoi dire?

A ognuno di loro la stessa riflessione.

— Puoi dare la tua risposta o tenerla per te, perché il momento in cui si sceglie di parlare non possono deciderlo altri. Ma non puoi far finta che questa domanda non ti sia stata fatta.

— Io non li voglio più uccidere i miei fratellini, e metterò sotto chiave la scatola dei pelati, anche se probabilmente non andrò più in giro mentre dormo, però per sicurezza continuerò a legarmi — dice d'un fiato Beatrice.

E alla traduzione, Leyla chiede: — Che cosa sono i pelati? Non basterebbe chiudere a chiave la stanza?

— Geniaaale!

— Io non so perché mia madre stia tanto male, ma io-io-io voglio stare bene. Bene come sono stato con voi — confessa Roberto.

— Io preferirei riflettere, se posso, e da solo, su questa domanda, signora Leyla.

— Portate l'henné per il tatuaggio.

È la risposta di Yusdra.

Sulla coscia, con precisione, la zia, quella che Yusdra continuerà a chiamare zia anche se non le unisce il legame di sangue, comincia a disegnare i segni che aprono la porta della Città della Sapienza. Beatrice la guarda con ammirazione e curiosità, la donna le porge il pennello ed è lei a finire l'opera per l'amica.

Quando l'ultimo segno è tracciato, Leyla si rivolge a

Yusdra. — Ti affido questi libri. Fai conoscere al mondo la nostra saggezza.

Smette di parlare.

Un'ultima pressione delle dita, un lampo nello sguardo cieco, poi è affare della Signora Nera.

Sull'aereo che li riporta a casa, i ragazzi sono muti, gli occhi carichi di nostalgia. Guardano giù, l'ocra del deserto che con tanto coraggio e follia hanno percorso e sanno che un cammino non vale solo per l'arrivo.

Beatrice si è addormentata, la testa appoggiata alla spalla solida di Roberto.

Marco cerca ancora risposte. L'unica verità che vorrebbe sentirsi dire è che sua madre non intende davvero sposarsi con quel tizio con cui l'ha vista baciarsi un paio di mesi prima, ma la verità che si prepara ad ammettere è un'altra. Si gira verso Yusdra che gli sta seduta accanto: — Lo sai che un figlio geloso è molto, molto, molto più rompiscatole di un fidanzato geloso?

— Me l'hanno detto — gli risponde Yusdra, pensando alle parole di nonna Leyla.

Là sotto, nell'immenso deserto, c'è un territorio inesplorato da cui nessun viaggiatore farà ritorno. Si poteva costringere il corpo di una nomade in una piccola fossa? Là sotto, da qualche parte, granelli di cenere si spargono insieme alla sabbia.

Yusdra rigira tra le mani il contenitore di seta rosso.

— Che cos'è? — chiede Marco.

Yusdra sfila l'oggetto e sorride. — Anche nonna Leyla aveva i suoi segreti…

— Non ti ho mai persa di vista — le ha detto con gli occhi furbi, quando le ha rivelato il suo piccolo segreto. Poi dalla custodia di seta ha sfilato un cellulare. — Ho sempre saputo come stavi. Aiuta Yamìna, non sa come prenderti, è una brava donna, ma diciamocelo, non ha avuto la tua educazione. E quando, disperati, mi hanno telefonato per dirmi che eri scappata, che ti eri portata dietro tre dei tuoi compagni, ho promesso che ti avrei trovato. Fosse stata l'ultima cosa della mia vita. L'avrei fatto. Torna da loro, capretta, ti aspettano per la nascita di tuo fratello.

Sì, da qualche parte, là sotto, Leyla vola con la sabbia.

— Forte! — Marco rigira il cellulare tra le mani.

Yusdra si volta verso di lui e gli mette a posto il ciuffo ribelle.

Tra gli altri, all'aeroporto, li aspetta Irene.

Indice

Ringrazio

Malika Mokeddem, la scrittrice algerina autrice di *Gente in cammino* (edizione Giunti); Yusdra, una giovanissima lettrice che ho conosciuto in una scuola elementare, non so niente di lei, ma la sua vivacità e intraprendenza hanno fatto scattare l'idea di questo personaggio; i ragazzi della scuola secondaria di primo grado "Giustina Rocca" di Trani; i ragazzi Damiano e Roberto di Turi, con loro ho discusso i primi capitoli e la sinossi del romanzo; le librerie "Tranilibri" di Trani ed "Eleuteria" di Turi che hanno reso possibile l'incontro; i ragazzi del gruppo di lettura della biblioteca di Tradate e della scuola secondaria di primo grado "Istituto Pavoni" di Tradate, che hanno visionato le bozze prima della stampa; Vincenzo Ambriola, per aver amorevolmente ascoltato numerose letture a voce alta di tutto il lavoro (anche durante le nostre vacanze); la regista Elena Bedei per avermi mostrato nel suo prezioso documentario com'è veramente la città delle biblioteche (Chinguetti, in Mauritania) cui è liberamente ispirata la Città della Sapienza; l'architetto e giornalista Gianni Perotti per avermi parlato del suo deserto; il mio mentore, l'editor Alessandra Gnecchi Ruscone; l'illustratore Paolo d'Altan; la mia agente Claire Sabatté; il prezioso staff della Mondadori Ragazzi, per la pazienza e il sostegno. Il mio lettore più severo, Mario Raimondo; la mia lettrice più giovane, la dodicenne Beatrice Bernasconi e naturalmente tutti coloro che sono arrivati fino a quest'ultima pagina.